光微微而来

焦冲 著

广西师范大学出版社
·桂林·

光微微而来
GUANG WEIWEI ER LAI

图书在版编目（CIP）数据

光微微而来 / 焦冲著. -- 桂林 : 广西师范大学出版社, 2025. 3. -- ISBN 978-7-5598-7742-0

Ⅰ. I247.5

中国国家版本馆 CIP 数据核字第 202463D2M2 号

广西师范大学出版社出版发行

（广西桂林市五里店路9号　邮政编码：541004）

网址：http://www.bbtpress.com

出版人：黄轩庄

全国新华书店经销

广西昭泰子隆彩印有限责任公司印刷

（南宁市友爱南路39号　邮政编码：530001）

开本：880 mm × 1 240 mm　1/32

印张：7　　　　字数：140 千

2025 年 3 月第 1 版　　2025 年 3 月第 1 次印刷

定价：45.00 元

如发现印装质量问题，影响阅读，请与出版社发行部门联系调换。

· 1 ·

在电梯里遇见朱小辉时,乔美琪只觉得眼熟,但没能想起对方的名字。当然,她没有死乞白赖地在回忆里翻找。光是眼前的工作都忙不过来,哪有闲心去琢磨一个和故人有几分相像的家伙到底何许人也。况且,早上的电梯里有那么多人,即便想起来了,也不方便搭讪,哪怕他有几分帅气。帅又怎样?看他那身廉价西装、那双质地粗劣的皮鞋、鞋背处的褶皱以及褶皱里的灰尘,就知道他不过是个尚无财力和精力注重形象和生活品质,一心扑在事业上的狼狈打工仔。这一类人并不在乔美琪的择偶范围内,以前还能看在那张帅脸的分上谈一场恋爱作为消遣。那是毕业后刚工作没多久时,她觉得自己还年轻,不着急结婚,玩上两年也没关系。但回过头来看,那是错觉,青春的流逝是加速度的。对象处了不少,稀里糊涂,分分合合,到头来却一个都没抓住。午夜失眠独卧双人床时,她才意识到还有两年多便年满三十,眼看着要奔"四张"而去了。曾以为非常遥远的事,竟然来得猝不及防，她还没做好心理准备。仿佛昨天她还是那个站在镜子前偷穿高跟鞋慨叹何时才能长大的小女孩，今天就要被迫成熟地应对工作、婚姻和生活中的各种琐事。长大真他妈没劲啊！二十七岁啦，她再也不能毫无目的地谈恋爱了，必须奔着婚姻而去。不仅因为被家里人催逼，她自己也担心成为掉队者。在人生大事上，她喜欢随大流。那是人类经过漫长的社会实践才确定形成的，对普通人而言一定适用。而她自认不是天才也非特立独行之辈，所以她不想太晚结婚。

电梯停在十七层，乔美琪匆匆出门，再没多看朱小辉一眼。看也白看，她想。刷卡进入办公室，打开笔记本，开启邮箱，她一边浏览昨天与甲方开会时的纪要，一边进食。早餐是从楼下711买的面包和关东煮，以及一杯星冰乐。毕业到现在，她换了三四份工作，目前这一份持续时间最长，至少短期内没有辞职的打算。这是一家新媒体广告公司，起初她是应聘文案和创意的，但老板见她英文和口才都不错，就让她做了客户经理，专门和甲方对接。甲方是一家外企，除了中国区的总监是个说英文的印度裔，其他员工皆为中国人。但这些员工和乙方开会时总要冒出几句英语，而且来往邮件内一个汉字都没有，所以老板才让乔美琪"好钢用在刀刃上"。这家外企的主导产品有以安全套、润滑油为代表的性爱用品和以洗手液、消毒液为代表的卫消类产品两大类，每种品类都注册了单独的微博账号和微信公众号。乔美琪和部门同事的主要任务就是维护和更新该品牌在社交平台上的原创内容,不定期开展各类营销推广活动,努力提升品牌的形象和影响力。昨天的会议主要是为了推广甲方新上架的一款冰感润滑液。因为夏天马上到了,就连咖啡里都开始加冰了,性爱自然也需要"清凉一夏"。甲方对接人给了乔美琪几瓶新品,让她回去和同事们抓紧试用,以便能抓住产品特点和优势,创造出更贴切、更让人耳目一新的"Slogan",获得更多的关注和更高的KPI。

乔美琪将组内成员招呼到会议室,开始传达甲方意向,并做进一步讨论。会议室在另外一间Loft里,一面为墙,其他三面皆由玻璃隔断。当乔美琪让大家展开谈论时,她瞄见刚才在电梯里看到的那个"熟人"跟在资源部负责人后面进了办公区,停在几台明显新购置的笔记本前。会议结束,同事鱼贯而出,乔美琪殿后。才出门,"熟人"赶上来对她道,乔美琪,是你吗?她驻足回头,仔细端详那张脸,还是没能想起他的名字,只得疑惑道,你是?对方道,朱小辉,还记得吗?初二时你转到我们班。哦,乔美琪脑海中浮现出一个瘦小而寡言的男孩,继而道,想起来啦,你胳膊上总喜欢箍着套袖对吧?朱小辉道,嗯,我妈那时太忙,没空洗衣服。她问,你来这儿干什么?他道,原来你在这儿上班,太巧了。前两天你们公司定的笔记本连不上网,我过来看看。她问,你在卖电脑?他道,没,是一个朋友的公司,我现在在一家互联网公司做技术。她调侃道，"程序猿"吗？他回道，差不多。

正说着，有同事叫乔美琪，说老板在找她。朱小辉道，加个微信，回头再聊，你先忙。两人加了微信，道了再见。乔美琪被老板叫去看一封英文邮件，完成任务后回到工位，收到朱小辉的一条微信，说有机会请她吃饭。她回了一句好的，随后望着电脑屏幕，想起了作为插班生在临溪镇求学的日子。乔美琪本住在大安镇，在临溪镇以东二十多公里，紧挨着县城。爸爸和妈妈都是中学教师，在初二学年开始前，爸爸被教育局调往临溪镇中学做校长，据说以前的校长犯了事。之所以将她父亲调过去，是因为他老家在那儿，当时乔美琪的爷爷奶奶都还健在。为稳住爸爸的心，上面又将她妈调过去继续教初三语文，并给了较高的薪水，且许诺三年后将会调升更好的岗位。乔美琪的姥姥姥爷虽在大安镇，但爸妈不放心让青春期的女儿成为"留守少女"，于是也让她转了学。临溪镇较之大安镇最大的不同就是更加偏远和闭塞，这里的学生也更加见识短浅和孤陋寡闻。乔美琪记得当时已是 2003 年，可镇上连一家网吧都没有，整个学校里不过一两台电脑。乔美琪有点瞧不上这个学校和这里的人，总在怀念过去，导致她没能真正融入其中，也没有交到几个朋友。两年后，她考入县一中，接着到南方念大学，毕业后来北京工作。一路向前走，不回头，很多东西都被她丢弃了。在临溪镇的那段时光已被她选择性地遗忘，仿佛不曾存在过。那时的同学给她留下深刻印象的几乎没有，关于朱小辉，她能想到的亦极其有限。

上初二时，朱小辉坐在她身后的某一桌，具体方位乔美琪已记不清了。他就像个影子，存在感很低。但有件事她这时猛然记起，且历历在目。那件事闹得挺大，朱小辉差点儿因此被退学。那是初二下半年的某天早自习，朱小辉抄一位女同学的作业，抄完后他将作业本直接扔给了女同学。作业本挺薄的，翻飞着砸在女同学的马尾辫上。其实一点儿都不疼，但此举恰巧被经过窗口的一位杨姓老师见到。不知杨姓老师当时抽了哪门子怜香惜玉的邪风（事后据学生们猜测，可能是昨晚跟他那位教英文的漂亮老婆不和谐，也可能是被老婆戴了绿帽心里不好受，憋着一股气全撒在了朱小辉身上），气势汹汹推门而入，直奔朱小辉的座位，拎小鸡般将其薅起，并往门外拖。众人立马噤声，盯着俩人，全程傻眼看戏，不知朱小辉犯了什么事。因为这位老师既非班主任也非教务处教师，不过后勤部门一碎催，根本管不着学生的纪律问题。即便管得着，朱小辉的行为也不值得这般大动干戈。朱小辉被外力拖行到门口时，紧紧扒住门框，颤声质问杨姓老师，干吗弄我？杨老师道，你刚才干吗了你不清楚吗？朱小辉道，我给她作业本不行啊？杨老师二话没说，照着脸给了朱小辉两个耳光。后者条件反射般抬脚踹在对方的腰部，腿落下后他自己和对方都傻了。杨老师厉声喝问，你他妈敢打老师？随后转脸朝向众人道，同学们，你们可都看见了，他打老师！朱小辉一不做二不休，道，是你先动手的！同学们像一群超有涵养的观众，一语不发，教室里安静得掉根针都能听见。

　　小姐姐，你看看海报的效果怎样？视觉组羊羊的绵羊音响起，打断了乔美琪的回忆。她点开内部聊天软件，放大海报，仔细看了看说，标题的字体再大两号，颜色再艳点儿，底色再暗些，让人一眼就能注意到。羊羊道，那也太俗了吧。乔美琪道，没关系，甲方的审美就那样，别想着提高他们。羊羊道，好，那我再调调。负责文案的小乔发来一段微博文案，乔美琪回复了一个表情，随后逐字阅读。这时，老板助理小唐过来道，二季度的总结发我了吗？她道，今晚一定发，你先看别人的，拜托，你还嫌我不够忙？小唐道，别人都没发呢。乔美琪道，那你干吗跟我要，看我好欺负是不？小唐笑道，你还好欺负？抓紧吧！

　　关于朱小辉，乔美琪从没想到自己竟然会记得这么多，后来的事她依然能想起来。朱小辉的爸爸被叫到学校，她没有亲眼所见。但听说，他爸爸刚进办公室就不分脑袋屁股揍了朱小辉一顿。为此还打翻两只墨水瓶，摔坏一个三角板，三四个老师齐上阵才劝住。直到第三节体育课，乔美琪和同学们亲眼看着一个胡子拉碴、头发凌乱的中年男人开着三轮车突突突地穿过操场,衣服脏兮兮的,还有几片菜叶耷拉在车厢尾部,看起来是个没什么文化的大老粗。立刻有同学认出那是朱小辉的父亲。据说他爸除了种地、养猪,平时还会骑三轮车赶集卖各种蔬菜,他妈妈也跟着他爸一块卖。如果朱小辉被学校开除了,他也会跟着他爸去卖菜吗?乔美琪和不少同学当时都这么想,但下课后回到教室,他们发现朱小辉一脸凝重地坐在座位上。随后的周一升旗仪式过后,朱小辉被校主任"请"到前面,用追悔莫及的诚恳口吻念了一份长长的检讨。在相当长的时间里,乔美琪觉得这事儿就算完了。直到她和朱小辉恋爱后,无意中谈及此事,她才从后者口中得知真相。他耿耿于怀地说,你还真是不知人间疾苦的温室花朵,哪能那么轻松就解决?当时要劝退,我爸妈给那个婊子养的杨杂种包了两千块,他才松口。他让我当着全校师生的面道歉,给足他面子,他便既往不咎。我当时真不想念了,可爸妈哭着求我。他们知道我受了委屈,但要上高中上大学跳出农门,就必须忍,犯不着为这点儿事转校。为了不让他们伤心,也为了自己的前程,我只好忍了。

· 2 ·

周五晚上,乔美琪再次收到朱小辉的微信,问她周六是否有空共进晚餐。面对朱小辉的邀约,她并非一点儿期待都没有，但真收到了又觉得鸡肋。去还是不去，她稍感为难。直觉告诉她，如果拒绝，那他以后可能就不会再找她了。都是有经验的成年人，不会不明白邀请背后的那层意思。考虑后，乔美琪没说去不去，先问他在哪里吃饭，试探他的诚意有几分。朱小辉问她住哪里，她回道，劲松。他说，那就国贸附近呗，我住三元桥，你想吃什么？乔美琪道，随便。朱小辉道，还是你来选个饭馆吧，我请。想了想，她选定一家人均不到两百的茶餐厅发了过去。虽是同窗，可说到底没什么交情，加之多年未见，关系根本没到想吃什么就点什么的地步。他回道，好，你这是存心替我省钱，谢谢啊！

自从与乔美琪邂逅，朱小辉便想尽快约她出来。可他几乎天天加班，八点能出公司就算早的。那么晚约人估计刚吃完饭就得各回各家，没有继续培养感情的机会。另外，他不想表现得太猴急，太上赶着，他担心被对方看轻。毕竟她连他姓甚名谁都已忘记，说明上中学时她对他几乎没有什么印象。可朱小辉一直记得乔美琪转到班上那天，她登上讲台做自我介绍，一口标准的普通话，下巴微扬，自信中透着傲气，那派头全然不同于临溪镇中学的女生。毫不夸张地说，她的出现就像一股新鲜空气，令平凡无奇的教室和校园变得清新，让枯燥乏味的时光有了奔头，也让很多男生心中荡起了涟漪。然而，没谁敢追她，一是因为初中生胆儿不够肥；二来，乔美琪不仅不和男生混，也不和女生混，一向独来独往，不拿正眼瞧人，清高孤傲得仿佛不食人间烟火，这让很多喜欢她的人想对她示好做朋友都没有机会。

餐厅在二楼，朱小辉比乔美琪先到，选了靠窗的位置，正好能看见大街上来来往往的行人。乔美琪比他先出门，但她打车，他乘地铁。这家伙，地铁这么方便，干吗还要打车。也不看什么时候，太阳才下去，人人趁着凉快往外跑，能不堵吗？朱小辉边给她发微信边想。十多分钟后，他从窗口看见乔美琪从出租车里钻了出来。她上身穿一件白色宽松T恤，下身的牛仔热裤短到露出大腿根，外面罩着黑色蕾丝透视裙，修长的双腿隐约可见。她正盯着手机往前走，偶尔抬头看看，有点儿心不在焉似的。女大十八变，朱小辉心想，她身上的那股傲劲儿似乎被生活打磨殆尽，或者说有所收敛，转而被这个城市赋予现代女性的某种特质代替。尽管很多女白领身上都有这种特质，可乔美琪骨子里的那股劲儿仍使她清新脱俗，从人堆里一下跳了出来。想到这儿，朱小辉不由得暗自得意。

等着急了吧？坐下后，乔美琪说。朱小辉把菜单推给她，道，还行，我没那么饿，你来。她接过菜单，走马观花地翻翻，随后叫来服务员，道，上汤娃娃菜、清蒸鲈鱼。盯着她的眼睛等了片刻，朱小辉问，就这俩？她说，剩下的你点。他看看菜单，要了乳鸽和甜椒牛柳，又问她喝什么。她道，不是酒就成。他道，我想喝点儿，你不介意吧？她道，想喝就喝呗。接着，又要了扎啤和西瓜汁。服务员走后，乔美琪问朱小辉，你平时爱喝酒吗？他犹豫了一下才道，偶尔小酌，你放心，我没酒瘾，也没烟瘾。她随口道，我有什么不放心的？这话接得太快，说出后她才觉不当。而朱小辉也觉出了其中弯弯绕绕的暧昧，瞬间尴尬。他马上转换话题道，你来北京多久了？她说，三年多，你呢？他道，我也差不多。酒和饮料送上来，他喝了一口，继而欣喜道，北京那么大，人那么多，偏偏能遇见，你说这是不是缘分？乔美琪道，是，太巧了。那咱俩撞一下，他说着，端起杯子。声音清脆而悦耳，她说，敬未来。他道，说得好。接着，两人聊了一番各自的工作和漂在北京的辛酸、快乐与激情之后，将话题转向了那段同窗时光。此刻，朱小辉的酒已下去大半，随着体内燥热，他的话渐渐变多。

　　我记得你有很多款式别致又好看的衣服，那时候就穿得挺大胆，几乎每天换一套。不像我们，一年也就那几件来回穿。朱小辉道，现在看，那就是品位，绝不会撞衫。

　　临溪镇嘛，地方小人也少，跟谁撞衫？乔美琪低头看一眼裙子道，今年流行这么穿，差不多是爆款。本打算上班穿，但有个同事比我先穿了，我只好私下穿穿。

　　怕什么，一样的衣服在你身上也比在其他人身上好看。朱小辉道，别人是衣裳衬人，你是人衬衣裳，天生的衣裳架子。还记得初三时咱们学校才开始搞校服，肥肥大大，西红柿炒鸡蛋色。别的女生都穿成了水桶,要不是头发长,跟男的没区别。就你,不管远看近看,都有线条。

乔美琪笑道,那是因为我让我妈给改得合身了。

是吗?心机够深的。

谈不上心机,就是不想穿得那么丑。

知道吗?当年你可是咱们学校的女神,起码有一半的男生为你着了魔。

你这话夸张了啊!乔美琪道,你们根本不怎么理我,我还以为你们排外呢。

那是因为你看不上我们。朱小辉道,我们自己也看不上自己,都知道配不上你。

越说越邪乎了。

还有比这邪乎的呢,有个小痞子看上你了,带着几个跟班在路上截你,这你记得吧?

有印象。乔美琪想了想,确实有那么回事。那时候学校里没宿舍,爸妈在镇上租了一处房子。有时爸妈上完课先回家,放学后她只能独自回家,反正也不远,顶多一里多地。有一次,几个社会青年抽着烟在前面拐弯处等着她,一看见那猩红的烟头,吓得她赶紧折回学校,从后门绕远路回了家。后来,提心吊胆了好几天,那几个小痞子却再没出现。但她总觉得有人在跟踪她,转身往后看却不见半个人影。

知道为啥他们后来没再骚扰你吗?

还真不清楚。

你看看这疤。朱小辉朝乔美琪伸过手臂，只见肘部靠下有道毛毛虫一样大小的疤。

怎么弄的？

为了保护你。朱小辉道，咱们学校里暗恋你的男生组成了护花使者保卫队，跟那几个小痞子干了一仗，个个都挂了彩。我这算轻的，隔壁班的孙大头，就他老爸是杀猪的那个，腿差点儿瘸了，在家养了半个多月才好。不过，对方也没占便宜，全都见了血。最重要的是从此以后他们不敢再对你有非分之想，连学校也不敢再靠近。

真的？我怎么一点儿都没听说过？乔美琪不太相信，但见朱小辉一本正经，又有些将信将疑。一方面不相信自己的魅力有那么大，另外，又觉得欠了他们人情，不知该说什么。

我干吗骗你？您是什么人呐，眼皮子都不带夹我们的。

闹得那么厉害，老师和家长都没发现吗？

老师才不管校外的事，多一事不如少一事。爸妈问起就随便找个理由，反正不会提起你。

哟，我看出来了。乔美琪道，名义上请我吃饭，实际是翻旧账，让我感激涕零。

真不是。朱小辉道，那是我们心甘情愿做的，还以为一辈子都没机会告诉你了。这不碰巧遇见了吗，我就说道说道,可别往心里去,过去的事就让它过去呗。就觉得那时候——他顿了顿,感怀片刻才咂摸道,真好!

饭局接近尾声时,朱小辉买了单。乔美琪问,多少钱?他说,我请你,你再问就是不把我当朋友了。她道,还是不太好,没理由花你的钱。他道,我愿意花,别担心,以后找机会让你还。她笑了笑道,那好吧。他喝光杯底的啤酒沫,问她,还没男朋友吧?她哼了一声,你怎么知道?他说,吃了这么长时间的饭,你的手机一直没动静。她道,一个人更清静。他说,没记错的话,你只比我小一岁吧?她道,怎么?难不成你还歧视大龄剩女?他道,没那回事儿,你想找什么样的?她道,你要给我介绍?他半开玩笑半认真道,毛遂自荐可以不?她看看他,低头道,你喝高了。他道,有些话只有喝了酒才敢说。她道,该走了咱们。

出饭馆,三环上车水马龙,各种地标性建筑光彩辉煌。朱小辉说现在打车肯定堵,不如随便走走。乔美琪觉得时间尚早,轧轧马路倒也不错。上到一座天桥时,夜风拂面,很是舒爽,乔美琪不由得驻足,凭栏眺望。主路仿佛移动的停车场,右边一水儿樱桃红的尾灯,左边则是刺眼的前灯,流光溢彩,延伸到看不见的远方。朱小辉问若有所思的乔美琪,想什么呢?后者道,你当初为什么来北京?他道,机会多,想见世面,赚大钱。她没说话。他问她,你呢?她说,我在杭州上的大学,放假时经常去上海。按国际化来讲,魔都比帝都强。可有次暑假来北京玩，差不多就是站在这个位置，也是夜晚。我突然觉得北京闪闪发光，就想毕业了一定要来这儿工作。她的回答在他看来太过感性和悬乎，便问，现在你还觉得它发光吗？乔美琪道，发啊，不过是别人家窗口的光。朱小辉见她似乎有些伤感，便道，北京离家近，以后买辆车，一个多小时就能到家，挺好的。她道，我上大学那会儿想着离家越远越好，没想到现在离家这么近。他道，想过回去发展吗？她道，回去能有什么发展？他道，可在这里又买不起房，整天租房住就觉得在漂着，没着没落的。她讪讪一笑，没说话。

不知不觉，两个人已走过了劲松地铁站。乔美琪道，行了，你回去吧，我快到了。朱小辉看看周围，都是居民楼，便道，我送你到楼下，附近有点儿黑。她道，没事，这步道我走过多少遍了，挺安全的。他道，再走走，不送你到门口不放心。她道，得了吧，别合计不正经的。他看着她闪亮的眸子道，我不是那种人。她问，那你是哪种人？他道，胆小的正人君子。她笑笑，不再反对他跟着。穿过两个路口，拐进一条小巷，她指着对面的高楼道，回去吧，我就住在那边的某一栋。他问，不请我上去坐坐？她道，还不行。他问，什么时候可以？她笑笑，往对面走去。到小区门口，乔美琪转过身，对着路灯下的朱小辉摆摆手。朱小辉道，做我女朋友吧！她大声问，你说什么？没听清。他道，到家给我发个信息。她点点头，转身走进幽深的黑暗之中。朱小辉在原地站了半晌，方朝地铁站走去。

·3·

不记得从哪年开始，七夕渐渐变成了中国的情人节，且有不少人跟风过节。难道他们不知道牛郎和织女的传说吗，还是他们早已相看两厌，认为一年见一次已足够了呢？乔美琪不屑地想。她当然明白这是商家搞的鬼，尤其在电商大行其道以后，为了给促销找借口，他们恨不得清明节和七月十五也要拿来做文章。对这些乱七八糟的节日，乔美琪基本是排斥的，就连春节，她也懒得过。普通的日子多好啊，非要人为地强加上意义和仪式感，只能说明现代人有多么无聊和空虚。可身在新媒体行业，就算她讨厌过节，也不得不面对，甚至还要给甲方策划出方案，搞点儿不一样的内容应个景。今年甲方打算在七夕这天主推女性用的按摩棒，线上活动、互动方式和奖品都已搞定。剩下的日常文案需要小组人员来一场头脑风暴，关起门来畅所欲言，尺度再大都能讲。敲定者是乔美琪，实在难以定夺的再去请示老板。文案的精髓是短、准、俏皮，可以打擦边球，但不能低俗，更不能触碰底线。

关于按摩棒的文案，一位自诩网红名唤小鸣的年轻人贡献出一条：男人虽好，小牛更巧。小牛是该品牌在社交平台上的拟人化昵称。此文案一出，即得到众人附和。初入耳，乔美琪亦觉得不错，但想了想，又认为不妥。在她看来，这文案的字面意思乍看没毛病，但若稍微细究，就会发现文案传达的意思明显是工具比人好。就目前的工艺水平而言，这是不成立的。按摩棒的消费对象是单身或异地恋的女性，是在没爱可做的情况下退而求其次的选择。即便它在功能上再先进和完善（比如温度调节，采用酷似人体的硅胶材质等），也都比不上活生生的人。说到底，它再牛，也只是性工具而已。而男人不仅仅能满足女人的生理需求，两个人还能谈情、创业、过日子，甚至有心灵和精神上的共鸣，性生活不过是其中很小的一部分。用按摩棒来和男人作比较，且声称它"更巧"，对男性而言不够公平，过于女权主义和极端。乔美琪将自己的顾虑简单说了，其他人先是沉默。少顷，小鸣道，乔姐，我觉得网友不会想那么多。乔美琪道，怎么不会？网上什么人都有，随便给你扣个帽子，就让你吃不了兜着走。还是小心点儿好，大家再想个稳妥的。小鸣道，乔姐，我刚入行，有些事不太清楚，但要想成为热点，不放开胆子恐怕不行。进公司这么久，还没有哪个新人敢如此绵里藏针地反对和批评她，乔美琪不由得盯着小鸣看了两眼。本想刺他两句，可转念一想，年轻人心高气傲也是有的，况且他资历尚浅，如果互怼，只会让自己掉价。于是，乔美琪尽量心平气和郑重其事地说，你去和老板商量吧，如果他觉得可以，你又愿意承担后果，那我没二话。小鸣那颀长的脖子依旧像公鸡般昂着，眼睛朝半空瞥了瞥，不再作声。

午饭时，乔美琪收到朱小辉的微信，问她明天是否一个人过节。

自从那餐饭后，乔美琪和朱小辉便保持着联系，偶尔也会吃个饭或是看场电影。手牵了，嘴亲了，该摸的地方也都摸了，接下来如何发展，彼此心里明镜儿似的。可乔美琪还是有些拿不准，因此迟迟没有进行下一步。尽管朱小辉有过两次语言和动作上的暗示，但都被她挡下了。虽说发生肉体关系算不上什么，也代表不了什么，再者，天亮说分手这种事她也不是没做过，可她清楚和朱小辉不能如此随性。就乔美琪的观察，她能感觉到朱小辉的认真，而且他多半是那种较为传统的认死理的男人。一旦和他发生关系，他就会认为两人确定了恋爱关系，以后很可能要结婚。她倒是也正想把自己嫁出去，可问题在于朱小辉并不符合她的择偶条件。当然，外形绝对没问题，没想到男大十八变，他竟然从一个不起眼的少年长成了令她心动的帅气职场男。可除了一张脸，要车没车，要房没房，要家底没家底，要背景没背景。工资虽然比她高，却也不算多。老家还在农村，父母已逐渐年迈……真要和他结婚，日子肯定不轻松，谁不想找个经济条件好点儿的呢？一想到这些，乔美琪就会迟疑，诚实的身体也会瞬间理智地虚伪起来，默默推开朱小辉急不可耐的手，对他说，不上去了，我要回去了。

这种委婉的拒绝如果只是一两次，朱小辉大可不必深究，完全能将之当成女性的害羞、顾虑和慢热。可一旦超过三次，他就不能再一厢情愿地自我安慰了。都是过来人，谁比谁傻多少呢？如果还是上中学那会儿，他自然不敢追求她。可现在俩人都是北漂，同属一个阶层，谁也不比谁高贵多少，况且他的工资还略高。还有一点，他始终没说，那就是目前所在的公司，他属于创始员工，拥有一部分股权。有了这一点，他便又添了一层自信。之所以没说，一是尚未成真，二来他不想靠此博得女人的好感。他认为即使没有这部分附加值，乔美琪也应该看得上他。北京藏龙卧虎，乔美琪虽然漂亮、优秀，却也普通，不再像中学时那般高不可攀。换句话说，朱小辉已见过世面，他不会为了乔美琪委屈自己，只需仁至义尽即可。天涯何处无芳草，何必单恋一枝昨日花？如此一想，朱小辉竟然觉得是自己在给乔美琪机会，至于能不能把握住，全看她的造化。

难不成还能变成一只狗？乔美琪回复道，我不过节。

那就一起吃饭，一个人吃东西不香。朱小辉没理解她的冷幽默。

你不加班吗？

老板这两天出差了，我可以按时下班。

七夕当天上午还是艳阳高照,午后便转多云了。快下班时天已漆黑如墨,闷闷的,一丝风都没有。从空调房出来,乔美琪赶紧钻进了在网上叫好的车。这次朱小辉定的饭馆在三元桥附近,是一家日料,离他住的地方不远。上车后,乔美琪给朱小辉发了信息,他回说他马上就从公司出来,他的公司在安贞桥附近。出租车刚上三环,突然一声炸雷,紧接着狂风骤起,倏忽间,白辣辣的雨点马鞭似的抽打着车窗。路边的肥树缩成一团,滚绣球一般前滚翻、后滚翻。雨刮器不再起作用,雨在挡风玻璃外流成了小瀑布。司机起初还边开玩笑边咒骂两句,后来只剩京骂,但车子还在变成河流的马路上艰难前行。雨越下越大,啪啦啦抽打着车身,窗外是滔滔的白,车子仿佛成了孤岛。乔美琪紧握着手机,还在和朱小辉你一句我一句来回说着。他已上了公交车,但太阳宫桥下积水太深,很多车都不敢贸然前行,窗外雨又大,困住了一车人。在这大雨滂沱的比黑夜还要黑的傍晚,恍然如世界末日来临,朱小辉是唯一和她有联系的人。虽隔着屏幕,却能听到彼此的声音,语气不由得变得温柔、深情款款起来,身体里的某个开关默契地同时打开了。仿佛一对共患难的情侣,成了彼此唯一的依靠。

　　就这样聊了十多分钟,像过了一辈子似的。两人同时生出一种要马上相见的强烈愿望,似乎再晚一分钟就可能像某些电影里演的那样再也见不到彼此了。雨虽然小了一点,但积水未退，车子还停在原地。朱小辉说他下车了，乔美琪也下了车，体内涌动着一股热流，支撑着她在清凉的小雨中一往无前地行进。朱小辉从太阳宫桥往东，乔美琪从长虹桥往西，前者比后者速度稍快。二十多分钟后，两人终于在亮马桥地铁站附近相遇。距离大约二三十米远时，他们发现了对方，便加快步伐朝着彼此飞奔而去，随后旁若无人地紧紧抱在一起，仿佛心爱的人失而复得般激动着。衣服几乎湿透了，像是皱巴巴的第二层皮肤，很是不爽。在拥抱时，乔美琪明显感觉到朱小辉的下体有了反应，调皮而顽强地顶着她的小腹。放开后，朱小辉提议先回家洗个澡换身衣服再出来吃东西，她说好。俩人手牵着手又走了十多分钟才进了电梯。一进房间，朱小辉便吻住乔美琪，热烈中带着求索与占有。她稍微迟疑，但没有阻止他进一步行动，甚至在他脱她的裤子时，配合地解开了那个稍嫌烦琐的皮带扣。她望着有点儿凌乱的卧室，闭上眼，心想，爱咋地咋地，就跟着感觉走吧！

朱小辉已空窗大半年，上一次还是和在软件上约的一个比他大三岁的离异女人。他们断断续续约了几次，后来他被她拉黑了。可能是厌倦了，也可能是找到了适合交往的人，他想。她曾向他表示过还想结婚，他觉得她挺想不开的。他不可能娶一个离过婚的比自己大的女人，就算她长得不错，看起来年轻，有车和房子，也不行。他的生活圈子比较窄，左不过以前的同事和现在的同事,加之比较忙,很少有时间交际,大多数时候都靠右手解决。攒了许久的精力终于得以发泄,他一口气做了两次,中间只休息了半支烟的工夫。第二次比第一次表现得要好,他觉得,因为他在乔美琪微红的脸上看出了满足。世事还真是难料,如果当年的同学们得知乔美琪成了他的女朋友甚至未来的老婆,他们一定会羡慕嫉妒恨吧!

·4·

立秋过后,气温渐渐下降,朱、乔二人的恋情却直线升温。俩人几乎每天晚上都要相见,周末更是黏在一起,像是为了在即将到来的寒冷冬日前找个取暖的伴儿。大多数时候,都是朱小辉来找乔美琪,虽然她也是与人合租,但她租住的条件比朱小辉租住的要好,至少不是连门卫都没有的老旧小区。不仅楼层高,采光好,还是木地板、塑钢窗,厨房和卫生间都很干净,且有大飘窗,另外两个房间住的人也比较安静。中秋节那天,俩人在外面吃过饭,回到房间看下载的英剧。朱小辉说,以后咱们做饭吃吧,在外面吃一顿的钱够买一两周的菜了。工作日就总吃外卖,腻了。外面的菜太咸,佐料又多,油也不是好油。乔美琪点开视频,说,好啊,你会做饭吗?朱小辉说,那当然,一般的小炒不在话下，朱氏红烧肉、糖醋排骨、羊肉丸子汤，都是拿手菜。乔美琪点了暂停，开玩笑道，上过蓝翔吗？他道，那倒没有，都是逼出来的。小时候一到麦秋大秋，爸妈就忙得不行，恨不得二十四小时耗在庄稼地里，根本没空做饭。我在家是老大，可还没大到可以割麦子掰玉米棒子的年纪，也就十来岁吧。妹妹和我饿得不行，就只能自己鼓捣饭，妹妹帮我烧火。开始肯定失败过几次，但因为以前我妈做饭时我都跟着打下手，浪费了几次粮食后，总算做得有模有样。后来一到农忙时节，做饭就成了我的事。不瞒你说，工作以后，每到周末我都是自己做饭，想吃啥做啥。乔美琪道，厉害，我只会煮方便面，炒西红柿鸡蛋，打豆浆。嗯，然后就没了。朱小辉说，嗐，那是因为有人给你做，不用自己操心，你是天生的好命，我是天生的劳碌命。听说过那句话吗？叫啥人啥命儿，你不干的话自然有人替你干。以前是你妈，后来是饭店的厨子，以后就是我了。乔美琪笑道，没事，我可以刷筷子洗碗。

这部英剧一集一个故事，俩人看的这一集讲的是女主的男友因车祸丧生，女主深陷思念中不能自拔，后来她订购了一款按照男友外形和声音配置的机器人。机器人男友尽善尽美，对她百依百顺，以前男友能做的他都能做，且做得更好；不能做的也能做，且努力达到女主的喜好和要求。女主起初对这个替代品很满意，而后渐渐发觉他根本代替不了男友,因为机器人所有的表现都是通过机器内部的各种科学运算生成的。尽管他有着真人的质感,却并无人的思维。于是她对他发火,冷暴力,将他囚禁在阁楼中,有心情或是有生理需求了便召见一下,气不顺或伤心时就拿他当出气筒,最后甚至逼得机器人要自杀。

看完后,朱小辉说,这女人太不是东西了,明知道他只是个机器人,况且什么事都比她原来的男友做得好,床上还那么多花样,变着法儿取悦她。她怎么还不满足?变态!

也许她对男友的爱并没有多深,但因为他死了,就连缺点也成了回忆中美好的一部分。机器人虽然和男友长得一模一样,还拥有他的声音,很多地方都改进了,但正是这些升级让他太程序化,让女主感觉到他并非男友,所以才不可能真正爱上机器人。一旦不爱了就会为所欲为,对他的虐待也顺理成章了。乔美琪道,这就是女人,懂不?

女人也不可能都一个样。朱小辉道,你不是这种怪人吧?

你觉得呢?乔美琪一脸认真,她很想听听朱小辉怎么说。

我不知道。朱小辉轻轻摇头,接着又道,我觉得你还算正常,我喜欢正常人。

要我说,每个人身上都有不同于他人的特质,不然这个人毫无特点,还有什么意思?

那是当然，但只要与众不同的部分可以让人理解，不至于伤害到别人或是让别人不舒服就没问题。这个女主形象的塑造其实是把人类某些自私的劣根性放大了。

你懂得还不少，我还以为——

朱小辉打断她道，你以为程序员都是木头脑子，一根筋，一点儿情趣都没有吗？

差不多，以前我在一个网站工作时，那些编程师就这样。

只能说是一部分吧，我是例外。再说，我选这个工作就是觉得它稳定，赚钱，不会失业，也不用像其他职业那样频繁和人打交道，我最怕搞人际关系了。朱小辉抽出压在乔美琪身下的胳膊，甩了甩道，麻了。乔美琪就势在他手腕上咬了一口道，送你块手表。

朱小辉笑笑道，大概上三四年级时我跟我妈要一块手表，那时候学校里好几个同学都有。我妈舍不得给我买，就还想像小时候那样咬我一口。我气得一甩手，手背正好打在她的眼眶上，她捂着眼眶半天没出声。现在想来，我那时候真混蛋。

你现在有钱了，可以随便买啦。乔美琪道。

现在即使买块劳力士，也无法弥补那时候的伤心和委屈吧。朱小辉道，何况我根本没机会戴，又不出去见客户，回老家的话万一被亲戚认出来，还可能跟我借钱，倒麻烦。

心眼不少嘛！乔美琪像逗弄小猫小狗那样搓了搓他满头硬硬的短发。

你这房子什么时候到期？朱小辉问。

还有两个多月，问这干吗？

我的还有一个多月，到时我们租个一居室吧，跟人合租不方便。他道。

再看吧。

怎么？你不想一起住？

我得想想，这又不是买件东西那么快就能决定的。

好吧，尽快给我答复！朱小辉使用了祈使句，这让乔美琪感觉不爽。她道，你想要多快？朱小辉问，你生气啦？她道，没有。他问，那你在顾虑什么？是我哪里做得不好，还是你对未来没把握？说出来，我想办法解决。她道，能别那么敏感吗？不是谁的问题，而是你知道有多少情侣同居之前挺好的，可住一起没多久问题就出来了，最后导致分手吗？朱小辉想了想，说，想好了就告诉我，我要提前找房子。她道，放心吧。

中秋过后三周便是国庆长假，乔美琪早有安排，要去斯里兰卡玩。在和朱小辉邂逅前便已订了不能退改签的机票，酒店的钱也已预付，而且她对此次行程期待已久，并不打算更改。朱小辉得知后问她跟谁去，男的还是女的。乔美琪道，算上我，俩女俩男，有一个男的不是同事，剩下那俩是同事。朱小辉问，那俩是一对吗？她道，不是，俩男的是一对，女同事是我闺蜜。朱小辉道，没想到你们公司还有这种人，你还和他们一起玩？她道，那又怎样？朱小辉道，别说他们了，你假期都不回家吗？她道，七天长假当然要出去玩了，春节再回家。他略微酸酸地说，还真是潇洒呀，我都没出过国。她道，趁着没结婚赶紧出去玩，以后成家有了孩子，时间就不是自己的了。他道，孩子大了还有时间呢。她哼了一声道，那能一样吗？想想你的"手表理论"不是一个道理吗？朱小辉一时无语，顿了顿才道，哪天走？用我送你吗？她道，国庆当天上午，不用送。又不是我自个去，你该干吗干吗去吧。

朱小辉很少旅游，加之出差机会几乎没有，导致他连很多国内大城市都没去过。在他的人生规划中，旅游差不多是排在最后面的。等到买了房和车，工作稳定，孩子长大点儿，有了一定的积蓄之后，倒可以考虑到处转转。反正那些景点也不会消失，什么时候去不一样呢？另外，平时工作忙没时间，好不容易放个假，他一般都会回老家。父母也不是爱到处逛的人，主因就是怕花钱。记得有一次他心血来潮，五一小长假没回家，给父母订了火车票，带他们到伟大的首都转了转，去了天安门、故宫、鸟巢、颐和园，吃了烤鸭、铜锅涮肉、炸酱面，晚上住在快捷酒店。一进房间，妈妈坐在看上去挺干净实则很可能好几天没换过的雪白床单上，摸着问,这一晚上得多少钱啊?朱小辉订的是家庭房,两晚刚好七百。妈妈听了连忙起身,像是做错了事般道,哎呀,干吗住这么贵的地方,在你那好歹对付两晚不就得了?爸爸也道,是啊,有这七百块干啥使不好,不就是睡个觉,打地铺都行,至于花这冤枉钱吗?此后,朱小辉再让他们出来,他们说什么都不来,明着说是没空,其实是怕花钱。他理解父母的心思,毕竟很长一段时期内,他那俭朴寒酸的消费观就是在他们的影响下逐渐养成的。最初来北京时,他也处处节俭,舍不得花钱,费了好大一番功夫才稍微改变,渐渐能接受一顿饭吃掉两三百,开个钟点房花掉一百块,可至今他最贵的一套衣服也只是那套五百多的西装。如果父母知道还有几千甚至几万块一晚的星级酒店,他们会怎么想呢?既然父母不来,他就得回去。老实说,在北京待上两三个月,他就需要回老家换换心情。尽管那里也在发展,早已变得和儿时不一样了,但还是让他感到亲切、自在,仿佛重温了少年时光——即便那不值得一提,甚至充满苦楚,尽是捉襟见肘的窘迫,可他还是会时不时怀念。

· 5 ·

放假前一天晚上,朱、乔二人没有一起吃晚饭,也没有一起睡。乔美琪需要收拾行李,次日还要早起赶飞机。朱小辉这天没班可加，甚至比往常早走了一个多钟头，从写字楼出来，一瞬间竟有点儿无所适从。晚饭随便找了一家小店，吃得没滋没味，一份宫保鸡丁盖饭剩了不少。下了公交车后，他先去了一趟附近的商场和超市，买了些吃的和玩具。吃的给爸妈，玩具给妹妹的儿子。妹妹比他小三岁，初中毕业后辍了学，婚结得早，如今在县城的服装店工作。她老公在洗车店打工，孩子明年就能进幼儿园。拎着两大袋子东西，回到住处，简单收拾之后给乔美琪发微信。过了一会儿，乔美琪发了视频邀请，他接通。隔着屏幕，朱小辉也能感觉到乔美琪临行前的兴奋和激动，脸上笑意盈盈，仿佛已抵达斯里兰卡。她走来走去，一会儿收拾衣服，全是夏天穿的；一会儿整理化妆品和防晒用品；一会儿又装了一小袋常用药品。朱小辉只能听见她的声音，半天她才出现在屏幕前，对着朱小辉一笑而过，随即闪身不见。她沉浸其中，仿佛他不存在一般，这让他有一种被忽视的错觉，便道，我先去洗澡了，出门注意点儿。她的声音传来，大声道，好，知道啦。关掉视频，他愣了片刻，才起身去卫生间。

次日醒来时，朱小辉拿过手机，发现收到了两条乔美琪的微信：一条是昨晚发的晚安；一条是早晨发的，说她已上飞机。昨晚他躺下得早，其实一个人睡他已有点儿不习惯，总是不自觉伸出胳膊去划拉，摸到的却只有另一只枕头。回了微信，起床洗漱，拿上行李下楼，在早点摊吃了豆腐脑和油条后才赶往火车站。车站里可谓人山人海，幸亏他来得早，才得以在停止检票前上了车。火车很快驶出了北京，朱小辉坐在靠窗的位置，望着深秋的旷野。庄稼多数已收完，留下满地的玉米茬子，宛如一把把倒插的匕首。第一站是三河，第二站便是他老家所在的县城火车站。这趟车他已记不清坐过多少次了，但始终记得第一次坐火车是去位于省会的大学报到。在省会生活了三年，毕业后，只身来到北京。

由于学历不够，大中型公司进不去，全是一些和专业不对口的工作。在地下室住了半年多，即将放弃时，他终于找到一家还算可靠的公司。当时公司里不过二三十人，技术部算上他就俩人，后来那人还辞了职。在相当长的一段时间内，技术的活儿都是他一个人干的。为了留住老员工，老板给这些人配了股份，承诺以后公司会上市，即便不上市也会在年底分红。如今，公司确实发展得越来越好，但离上市还差得远。倒是从前年开始有分红，数额比年终奖要多，这让朱小辉稍感安慰。可即便收入再涨，也比不上房价的上涨速度，谁愿意一辈子租房住呢？可凭他一个人，再努力也不可能在北京买上房。

正儿八经的恋爱自毕业后只谈过两次，两个对象都是同事。现在想来，第一次的恋情过于随便了，俩人谈不上有多喜欢对方，但因为都是单身，公司里人少，实在找不出比对方更合适的人选，所以才走到一起。当时，公司还在清河，且为员工提供住宿，但要象征性地交几百块作为月租。两个人都住在员工宿舍，新鲜感很快消耗殆尽。对方比朱小辉小了三岁，还像个任性的孩子，经常动不动便无理取闹。那时，他们之间的对话可笑得就像肥皂剧，常常是刚接了吻之后，她问他，你想什么呢？他回答，没想什么。她道，不对，你有心事。他只好说，我在想我喜欢你。她问，那你爱我吗？他道，爱。她问，还有吗？他问，什么？她道，除了爱。他说，没了，就只有爱你。她摇头道，骗人。接着她就会生气，不再搭理他，需要他百般哄劝才会露出笑颜。恋爱如果这样谈，那纯粹是浪费人生。朱小辉觉得累，幸好就在他想要分手时，女孩回了老家，其父母给她在老家找了一份体制内的工作。

  第二次恋爱时，公司已搬到知春路附近，员工相应增加不少。公司逐渐正规，有了各种各样的职能部门，也不再提供住宿。朱小辉在亚运村附近租了一间次卧。有了前车之鉴，这一次朱小辉在对象选择上理智了许多，对方和他年龄相当，行事作风也非小儿女之态，甚至比他还要成熟，有事业心。正是这份事业心，最后让两个人分道扬镳。那场恋爱算得上美好，最初分手后，朱小辉经常会想起和她在一起的种种细节。可她只在公司干了半年多便跳槽了，去了待遇更好的单位。她想让他一起去，他说，还要再看看。她到了新公司之后，两人联系得越来越少。直到有一天她给他打来电话，说她已交了新男友，是公司的业务主管，今后俩人就别再联系了。难道她想听一句他的祝福，拿他的难受给她的喜悦垫底吗？朱小辉觉得受到了侮辱，不想给她这个机会，淡淡地道了再见便先挂了电话。

这两次之后，陆续又有过三五个女人，但都没怎么认真过，只图身体上的慰藉。不谈感情挺好的，但每次发泄完，朱小辉都会感到空虚寂寞冷，甚至有一丝懊悔。虽然如此，他却不敢再轻易陷入感情，那太过于劳心劳力，就像一场游戏，没劲透了。直到遇见乔美琪，少年心事重见天日，竟激荡起一股久违的恋爱冲动，促使他鼓起勇气去追求她。

出站后，朱小辉打了一辆车，半个多小时后到了临溪镇。排骨和鲤鱼早已炖好摆上了桌，几个凉菜也切好摆盘，淋上了佐料，还没拌。进门后，妈妈开始炒菜，爸爸在院里晾晒一些被挑拣后剩下来的成色较差的核桃。朱小辉上高二那年，全家从村里搬到了镇上，爸妈不再赶集卖菜，而是与朱小辉的小姑在镇上最繁华的地段开了一家菜店。除了蔬菜水果，还卖猪牛羊肉等，收入倒不错，如今还雇了一个小工负责上货等。七八年前，农村种地的人越来越少，他们包下了镇子西边的十多亩地，先栽了一茬白杨树，后来因为整治杨絮问题，伐了卖掉后便改种了核桃树。核桃树经过嫁接，生长旺盛，结果量大，收益还算稳定。

炒完菜，妈妈说，吃饭吧。朱小辉问，小彤他们呢？妈妈道，你妹他们一家今晚来，今儿俩人还上班呢，你妹休三天，张轩只休两天。张轩是朱小辉的妹夫，家就在镇上。爸爸还在外面忙，朱小辉喊了一声。妈妈说，别管他，你先吃。爸爸甩着两只湿手找毛巾，妈妈从沙发上抓起扔给他。擦干后，爸爸坐下，对妈妈道，拿啤酒来，一点儿眼力见都没有。妈妈只得放下筷子，从厨房抱来几罐啤酒，往爸爸面前一堆道，成天喝。爸爸看着朱小辉道，儿子回来了，一高兴就想喝酒。妈妈道，昨晚你自个还不是喝了两罐。爸爸道，你少管，我愿意。妈妈道，谁稀罕管，喝死你。妈妈给朱小辉夹了一筷子背部没刺儿的鱼肉道，吃吧，这是你二姑他们在兰泉河里粘的，野生鱼。昨天在集上卖，非得给我一条，我给他们钱还不要。爸爸道，废话，他们能要你的钱吗？你知道他们天天卖鱼，还非得去那晃悠。妈妈道，我不是想给儿子买鱼吗？难道我故意躲着他们？再说了，这鱼也不是白送的，随后我就给你二妹子买了只烧鸡。他们没吃亏，你放心吧！

　　父母之间类似的斗嘴在朱小辉这已习以为常，从他记事起，这俩人几乎未曾平心静气地说过话，吵嘴似乎是父母之间最为有效的沟通方式。他无动于衷地吃着饭，满桌子的菜显得太过丰盛，举起筷子，竟有些无从下箸。记得小时候，只有过年过节才会吃得这么好。每年六一儿童节妈妈只给他一块钱，对当时的他而言却已是巨款。他们这个家族里，基本都是穷人,是那种典型的农民式的穷,灰暗、单调、没有幻想,穷也穷得心安、坦然,并不觉得心酸和不平。除了做点儿小买卖,他们靠着几亩地为生,赚到的钱极其有限,似乎总也不够花,搞得他总以为来这世上就是为了受穷,就该省着花。那时候爸爸常说"钱是攒下来的",但妈妈私下跟朱小辉说,钱是靠赚的,没本事的人才让老婆孩子受穷,你以后可别当这种人。所幸,爸爸开窍得还不算太晚,开菜店,包地种树,虽没有赚太多钱,但好歹有了起色,想买什么基本都可以买了(仅限于城镇水平的需求)。也许是被朱小辉的学费生活费逼到了这一步也未可知。

·6·

下午三点多,朱小辉收到乔美琪的微信,说她已顺利抵达科伦坡的酒店。顺手搜了一下,他才知道科伦坡是斯里兰卡的首都。随即,他给她发视频邀请,她说,我刚到。他说,休息一下吧。她说,不累也不困,在飞机上睡了很久,洗个澡就出去觅食。他道,早饿了吧,都快三点了。她道,还好,有吃飞机餐,另外这边比中国慢两个半小时。他道,那挺好,感觉赚了两个多小时。她笑道,等返京那天还得还上。见她穿得清凉,他又问那边是不是很热,她告诉他这里是热带,全年都是夏天。他还想多说几句,一时却找不到话题,便催她快去洗澡,又嘱咐她万事小心,别一个人出门,别去娱乐场所,国外太乱了。她道,放心吧,又不是第一次出国。说完,她关了视频。对着屏幕愣了片刻,他发过去两个字:想你。"我也想你"这四个字在二十多分钟之后他才收到,得到一点儿安慰,更多的是怅然若失。他想下次假期一定跟她一起出去玩,不管她去哪儿。

  来到院中,土狗小黑朝朱小辉讨好地哼哼着,他明白它想出去遛弯。妈妈正在晾衣服,问他,刚才跟谁聊天呢?女朋友吗?他说,差不多。妈妈来了兴致,接着问,干什么的?哪里人?他道,等确定了再告诉你们。妈妈急不可耐道,多大了?他只得道,比我小一岁。她道,那也不小了。你记着,你都不小了,不能找太大的,对孩子不好。他道,您想得够远的。她道,这还不是早晚的事,你看你妹,不论体质还是智商都比不过你,我生她那年都快三十啦,还不是顺产,影响挺大的。朱小辉走到小黑窝边,解那条打了很多结的狗链子,不说话。妈妈接着问,她回老家了吗?他道,出去玩了。妈妈道,哟,还挺野的。朱小辉不爱听这话,便道,好不容易放个假,还不能出去散散心?又没花您的钱。妈妈道,呵,这就向着人家说话了?你咋不跟着去呢?你不是也成天工作吗?解开狗绳,朱小辉牵着狗道,我不是得回家看你们吗?妈妈道,得,媳妇最重要,下次可别惦记着我们,该陪谁陪谁!

朱小辉牵着小黑去了家里的核桃园，核桃半个月前已收完，爸爸正和一个小工在剪枝。核桃树一年需要剪两次枝，分别在初春和秋后，秋剪有利于促进混合芽的分化。核桃园周围只有少量的农田，基本没人种玉米，多是白菜，还有几座塑料大棚。其余地方则分布着水泥厂、陶瓷厂、造纸厂等各种污染严重的工厂。几根大烟囱呼呼往外冒着黑烟，挡住了阳光，天既像阴的，又像要黑了。帮忙的小工恰是朱小辉以前的小学同学，如今也住在镇上。他问道，老同学，哪天回来的？朱小辉道，中午才到家。对方又问，媳妇儿呢？朱小辉道，没来。对方道，啥时候结婚？他回道，不着急。对方道，你不着急你爸急呀，我儿子明年就上一年级了。朱小辉的爸爸没说话，注意力一直在树上，像是没听见，或是听见了但并不关心儿子的婚事。傍晚从核桃园回到家里时，爸爸对朱小辉说，你那个同学真是没话找话，结婚早有什么可显摆的？儿子上一年级又有啥可吹的？就是上八年级也是个笨蛋，我孙子铁定比他强十倍强百倍。朱小辉笑道，嘴长在他身上，爱说什么就说什么呗，您别往心里去。爸爸道，我才不跟他一般见识呢，就说这人，闲得蛋疼。爸爸从不正面逼婚，他习惯旁敲侧击，让妈妈当传声筒，或是直接憧憬未来。比如他常常会说"我要是有孙子了，会……我孙子指定很聪明……"之类的话来提醒朱小辉不要忘记他的任务和使命。对此，朱小辉常常假装没有听出弦外之音，避重就轻地给予回应。

六点多，妹妹一家三口来了。爸爸迫不及待拿出朱小辉给小外甥买的玩具高铁，跟着孩子一起在床上摆好轨道，玩得不亦乐乎。吃火锅时，爸爸抱着孩子出来，在饭桌前问他，大舅好不好？孩子说，好，最喜欢大舅。爸爸又问，喜欢妈妈吗？孩子道，不喜欢。爸爸问，为什么？孩子道，不给我买玩具，不让我吃奶。这孩子三岁多才断奶，且威逼利诱着实费了一番功夫，对此他一直耿耿于怀，时常就会念叨。妹妹瞪圆眼睛，作势轻轻拍了孩子后背一巴掌道，白眼狼，跟你大舅上北京吧。孩子不理妈妈，转而对朱小辉道，我要飞机，遥控的。爸爸道，你还真是蹬鼻子上脸，刚买了动车又要飞机。朱小辉笑道，下次回来买给你。妹妹夹了一块蘸了麻酱的羊肉片送到孩子嘴里道，你就好好上学吧，长大了考北京找你大舅去。妈妈问，上幼儿园的事联系好了吗？张轩道，镇上的肯定没问题，但小彤坚持上县城里的。朱小彤道，那当然，生在镇上就已经输了一大截，我不能让他接着输。妈妈拿勺子往外捞煮熟的食物，道，县城的学校能进吗？朱小彤道，在县里买楼就行。张轩道，可最近炒房团炒到咱们县里来了，房价一下子上去不少。现在买不划算，看看再说吧。朱小辉随口问，现在多少钱？张轩道，中心地段七八千，北外环的也要六千出头。朱小彤笑道，哥，等我们看好房子，钱不够的话你先借给我几万呗。爸爸道，你哥消费那么大，又要租房，现在还谈着恋爱，哪有闲钱借给你们？爸爸这么一说，朱小辉不好再说什么，所幸妹妹识趣，马上换了话题道，又谈女朋友啦？给我看看照片。朱小辉只得拿出手机里和乔美琪的合照，结果人人都看了个遍，大家都说乔美琪是个美女。妈妈道，看着挺洋气，不是农村的吧？朱小辉不想过多解释他和乔美琪的渊源，只说，她妈以前是老师，现在办了病退，他爸是校长，再有四五年也该退休了。家在唐山，她一个人在北京。朱小彤道，挺配的，有夫妻相。妈妈问，她还有兄弟姐妹吗？朱小辉道，有个哥哥，在国外留学呢。妈妈又问，她妈什么病？朱小辉道，糖尿病，有段时间挺严重的，现在好像定期打胰岛素。妈妈道，别是负担太重的病就成。爸爸道，那倒不怕，反正他们肯定有医保还有退休金，连累不到儿子，啥时候结婚？朱小辉道，认识才几个月，八字还没一撇呢。朱小彤道，哥，别着急，结太早你会后悔的。张轩道，你后悔啦？朱小彤夹了一块鱼豆腐投到他碗里道，吃你的吧。

每天，朱小辉都要和乔美琪视频，她也会给他发视频或照片。那天下午四点多，她邀请他视频，他正在外面遛狗。见她在喝茶，他问，没出去吗？她说，本来想去坐高山小火车，结果工人罢工，只好回到酒店，游了一会儿泳，喝喝茶。他道，真逍遥，你都乐不思蜀了吧？她道，没有，很多景点和图片的差别挺大的，几乎有点儿像买家秀和模特照,比如昨天去的海上小火车,你知道这个景点吗?他道,不清楚。她问,你看过《千与千寻》吗?他道,就是她爸妈变成猪的那个动画片吗?她道,对啊,里面不是有海上火车的镜头吗?据说那灵感就是从这里来的。可电影里多美啊,实际上就是铁轨离印度洋比较近,根本没在海里。海水倒不错,可火车太差劲了,乘客太多,没空调,全靠窗户吹进来的自然风,脸都给吹僵了。而且还有卖唱的、乞讨的、推着小车卖东西的——他打断她道,香烟瓜子火腿肠,啤酒饮料矿泉水,是不?她笑道,你说什么?他道,你肯定没坐过绿皮车,火车提速前就这样,我上大学时每次坐的都是这种。她道,是吗?我没坐过,我上大学都坐飞机。他道,你不要拿旅游宣传照和电影里美化过的去和实景比较嘛,那样多半会失望,这就是理想和现实的区别。她道,好吧,你说的有点儿道理。他接着道,你再想想,不管你去不去看它,它都那样。你不能提前有期待或是预设,你要接受它的真实模样,勇敢面对现实,很多事都是这个道理。她道,听上去很悲观。他道,悲观是一种远见,也省得自己难受。她起身,走到一棵缅栀子下面,伸手摸着传说中会带来好运的鸡蛋花道,还是乐观点儿好!他道,那当然,你有资本乐观。她琢磨着他的话,一笑了之。

六号下午,朱小辉从老家回到了北京。以前他都是七号才回,这次提前回是因为要在次日上午迎接乔美琪。短暂的分别让两个人同时意识到没有对方的生活特乏味,就连吃饭都味同嚼蜡,对于热恋中的人来说还真是有情饮水饱啊!七号上午八点多,朱小辉在机场等到了乔美琪,她带着一身没睡好的疲倦和她的三个旅伴走了出来。朱小辉一把接过她的大号行李箱,一只手拉着她就要走。她停下,对三个旅伴介绍道,我男友。三个人跟朱小辉互相问好之后便道了再见。一上出租车,他的手就伸进了她的衣服揽住了她的腰。乔美琪趁势依偎在他怀里。才亲昵一会儿,她就闭上了眼睛,发出均匀的呼吸声,仿佛船泊在了避风港。下出租车,到了房间,她刚要脱衣服洗澡,就被他一通乱亲,推倒在床上。她小声道,还没洗呢。他说,没事儿。乔美琪也很想要,便随他去了。完事后,她精疲力竭,睡了过去。迷迷糊糊中,听见朱小辉在她耳边吹气,并问她,舒服吗?她嗯了一声。他又道,那我们住一起吧。她没睁眼,只道,好啊。他欢快地一跃而起道,我去做饭,你好好睡一觉。

  一个多月后,朱、乔二人正式同居。

  房子是一居室,高层,算得上精装修,在团结湖附近,距离两个人的公司都不算远。每个月租金将近六千元,因为选择了年付方式,而没有支付中介费。朱小辉一开始觉得稍贵,本来他想着两个人一起住各方面应该会比之前省点儿,没想到不光房租,就连其他费用也都有所提高,因为一切都是按照她的标准在执行。不过还好,在他可接受以及能承受的范围内。况且，只要能和乔美琪住一起，这点儿改变又算得了什么？还在无形中提高了生活质量呢。没用几分钟，他就把这一丁点计划外的不如意彻底地自我消化了，快到乔美琪根本没有发觉。付租金时，她坚持一人一半。朱小辉打趣道，都住一起了，还分什么你的我的？连你都是我的。乔美琪说，这钱不算多，但也不算少。很多情侣婚前还都做财产公证呢，何况只是同居。我不是对未来没有信心，相信我，这样做对谁都好。见她如此坦荡和理智，朱小辉也就不再坚持，反正让他一下子交出七万多块也不是小数目，她愿意分担正合了他心意。

对彼此生活习惯的熟悉、迁就以及磨合在一个多月的相处中逐渐完成。尽管有过摩擦，但都没有上升到争吵的地步，就像那句歌词里唱的——你我约定，一争吵很快要喊停。到底是懂得珍惜感情的成年人，在这之前已充分了解同居后所要面对的繁杂庸常，因此有了心理准备和应急措施。所谓恋爱就是让彼此的优点相互影响，克服自身的缺点，共同进步和成长，逐渐变得越来越有夫妻相，像是天造地设的一对。到这个程度就可以走进婚姻，生儿育女，在人生道路上同舟共济，直到变成没有血缘关系的一家人。当然了，朱、乔二人遇到的基本上（至少目前阶段）都是无关原则性的小问题，属于经过沟通就能解决的。比如朱小辉从两天洗一次澡变成了一天洗一次甚至两次澡；乔美琪几乎不再吃方便面和麻辣烫等朱小辉认为不健康的食物,反而渐渐爱上以前不太喜欢的各种蔬菜和新鲜食材;朱小辉在乔美琪的撺掇下办了健身卡,坚持每周运动两次以上,以防赘肉增加;乔美琪尝试不再打车,而是乘坐地铁,甚至喜欢上了共享单车;等等。总之,两个人坚信彼此都在朝着好的方向发展,同时因为深入了解彼此而更加相爱。

·7·

元旦前夕,乔美琪觉得是时候将朱小辉引荐到自己的社交圈子了。好几个朋友都从她或是别人的嘴里听说过朱小辉,都想见见庐山真面目。在认识朱小辉之前,她和几个要好的朋友会定期聚一聚,一般都在外面吃饭或是唱歌,偶尔也会去郊外游玩。记得那位叫小间的同事与其室友乔迁时,曾邀请众好友到家中欢聚,吃饭、玩游戏、聊八卦、看电影,气氛相当不错。乔美琪想,不如也把这几个气味相投的朋友叫到家中,顺便让他们见识一下朱小辉的厨艺。一想到他们艳羡的眼神,乔美琪便由衷觉得满足。于是在某个周三的午饭时间她发出了邀请,当时和她一起吃麻辣香锅的有羊羊、小间、罗勒(后两位是与乔美琪一同去斯里兰卡游玩的同事)和另外两个女同事。乔美琪说,周六下午,你们都去,带着家属。小间问,能带几个?乔美琪道,你不怕那天晚上回去被你室友惩罚就多带几个呗。羊羊问，几点到？乔美琪说，三点吧，晚点也没关系，能赶上晚饭就成。罗勒笑道，需要带礼物吗？乔美琪忙道，不用不用，就是吃个便饭，顺带认识一下我男友。小间道，你老公挺帅的，就是看上去有点儿土。别误会，我是说一看就是直男。乔美琪道，废话，本来他就很直，我告诉你最好收敛点儿。小间道，果然，跟谁睡就跟谁一条心。他要是知道你在公司里张口超薄闭口按摩棒的，该怎么想呢？乔美琪哼了一声道，我们很少聊工作，你最好也别提。

你应该提前征求一下我的意见。晚上，当乔美琪告知朱小辉周六的安排后，他皱起眉头。

我这不是提前两天告诉你了吗？你有的是时间做准备。乔美琪不以为意。

不是那个意思，你要和我商量一下，怎么擅自就决定了？

这点儿小事我还做不了主？难道你不想见他们？

那倒没有。朱小辉心想，你这是不尊重我。不过他不敢这么说，他相信乔美琪根本没想到那个层面，她如此随性只是出于把他当成了自己人。

你要实在不想，我就找个借口推掉。乔美琪从他怀里挣脱，去拿手机。

别，那多不好。他从后面搂住她，说，放心，我到时一定好好表现，给你长脸。

　　周六下午，不到四点钟，客人便已悉数到达。大家都带了礼物，小间与其室友带了鲜花和红酒，羊羊带了抹茶蛋糕，罗勒送了乔美琪一套茶具，另外两位女同事合买了一台榨汁机。乔美琪想，他们一定商量过送什么东西，不然不可能不重样。客厅不大，长条沙发和几张凳子刚好坐满客人。茶几上早就摆好了各种水果、干果和小点心。乔美琪将在厨房忙碌的朱小辉叫出来，跟各位互相介绍。羊羊夸张地说，小姐夫真帅啊，小姐姐好幸福。小间添油加醋道，上次在机场没看清楚，这次看得真切，长得好像杨洋。羊羊道，你什么眼神？哪里像我？小间忙道，谁说你？我说的是明星。罗勒道，杨洋现在也……小辉哥看上去倒有几分纯情。乔美琪听着很受用，朱小辉还没被人当面评头论足过，笑得有些不自然，双手一直搓着围裙。等介绍完了，忙道，我先去弄菜，你们聊。乔美琪道，我一会儿过去。

　　乔美琪才钻进厨房一会儿就被朱小辉推了出来。他说，你去陪他们吧，我一个人足够了，你在这儿倒让我不知道该干吗。案板上的鲈鱼已打好花刀，各种炒菜也已切好，蒜瓣、葱花、姜末等配料准备停当，剩下的技术活她确实帮不上。扫视了一圈逼仄的厨房后，她感叹道，以后一定买个厨房大的房子。这话让他觉得温馨，抱住她亲了一口道，好，一定要买个大房子。乔美琪转身出来，随手带上门，便听见抽油烟机响了起来。

几个人聊了一些八卦后，便玩起了"你来比画我来猜"的游戏，欢声笑语一浪接一浪涌向厨房，等到朱小辉喊乔美琪收拾茶几时才暂停。长条实木茶几上摆得满满当当，除了看家菜，朱小辉还做了油焖大虾、清蒸河鲈、香辣蟹以及四个清炒和三个凉拌，主食有紫薯、玉米和麻酱糖饼。开了红酒和饮料，吃吃喝喝，大家一致认为朱小辉的手艺好到可以开饭馆。羊羊甚至开玩笑道，小姐姐，什么时候你不要小姐夫了跟我吱一声，让我收了他。乔美琪道，他不喜欢95后。羊羊假装遗憾道，可惜呀。

桌上的菜吃去六七成后，大家的进食速度明显慢了下来，腾出嘴巴闲聊。话题换来换去，有人说起了小鸣，就是那个不止一次和乔美琪顶过嘴的一点儿都不算红的网红。罗勒道，这孩子三观不正，最好离他远点儿。那天我从SKP穿过来上班，刚好看见他跟门口的保安大声嚷嚷。听了几句才闹明白，那些保安看到人进来不是都问好吗。敢情没搭理他，他就不高兴了，非要人家道歉，这不是没事找抽吗？

保安们精着呢，谁是顾客谁是过客一眼就能看穿。有时确实势利眼，不过他这人也太龟毛了，处女座吧？小闫道。罗勒马上反驳，我也是处女座，我就没那么小心眼。一个女同事道，现在的90后啊，个顶个的趾高气扬，真让人难以理解，究竟有什么可拽的？羊羊道，嘿，我还是96年的呢，我就不那样。乔美琪道,像你这么善良可爱的95后打着灯笼都难找。

小间又道,那个小鸣的家庭环境不太好,他爸是个收废品的,很早以前只是捡垃圾。在垃圾桶边捡到的他,然后就把他养大了。但是对他并不好,非打即骂,才使得他孤僻、乖戾。乔美琪问,你听谁说的?小间道,我看过他直播,他自己说的。

罗勒道,那不可信,也许是为了博同情瞎编的,现在的人为了出名什么事都干得出来。羊羊道,以他的性格和日常表现来看,倒很像,说话噎死人,这跟成长环境脱不了关系。小间道,那也不能一概而论,从小我爸也没少打我,我还不是很正常、很有素质?我觉得还是看个人,有的人可能一辈子都难以走出原生家庭的影响,终其一生都在治愈童年受到的创伤,既可悲又可怜。但有的人能够和之前的一切和解,获得重生,活出自我。

我听说你上大学时就和家里断了关系,真的吗?现在怎么样?羊羊问。

嗯,上大三时我跟家里表明态度说以后不结婚。我爸无法接受,就断了我的生活费,我靠勤工俭学才毕了业。前年春节时回去看我妈,才进门就被我爸骂了出来,搞得我心灰意冷,短期内我是不打算热脸再贴冷屁股了!

可是，传宗接代对父母来说很重要。朱小辉道，你就不能为了他们委屈一下？

就算我能委屈，我也不忍心伤害一个无辜的女人。我不爱人家，干吗娶人家？

我觉得爱是可以培养的，朱小辉道，以前的包办婚姻根本没爱情可言，还是能过一辈子。

小间嗤之以鼻，还想再掰扯。其室友按住他的手臂，避重就轻道，小辉说得没错，确实有很多日久生情的，反而能在一起更长久。

小间本来就不喜欢孩子，嫌闹得慌。眼见气氛愈加紧张，乔美琪赶紧打岔。

朱小辉干掉杯里的红酒，像个长者般慢悠悠地说，孩子是很重要的，现在年轻可能不觉得怎么样，等老到只剩你一个人时，就会发觉养儿防老的重要性。

咱们能不能说点儿别的？罗勒见到乔美琪给她使眼色，忙道。

干吗说别的，这个话题挺有意思。羊羊笑盈盈的，看看朱小辉，再瞟一眼小间，之后目光又滑过乔美琪和罗勒，一副不嫌事儿大的看热闹样儿。

就算有孩子，我也不会靠他们。小间给自己倒了半杯酒，接着道，我不能为了自己的私欲毁了他们的生活。我的幸福来自我本身，永远不会凌驾于别人的自由和幸福。

有些话说起来很好听，但放到现实中就不是那么回事儿了。朱小辉道，你明明知道父母想要的是什么，为什么不给他们？孝顺真有那么难吗？

可笑，你觉得这就是孝顺？小间不屑道，随即喝光杯中的酒，起身道，我该走了。

乔美琪没有拦他，送到门口，满脸抱歉地看他换鞋。小间稍微用力抓了一把她的胳膊，意味深长地看着她，似乎有些话不适合现在说。随后他对着正在和朱小辉说话的室友喊道，小狼，你还磨蹭什么？和那种家伙有什么好说的？

小狼马上跑过来换鞋，对乔美琪低声道，你也知道小间口无遮拦，别往心里去。

用不着替我解释，了解我的人自然明白。小间一把拽过小狼，走了出去。

谈话的氛围被破坏了，重建已不太可能，几个人勉强吃过蛋糕后便一起告辞。罗勒很想帮乔美琪收拾厨房刷盘子洗碗，但后者知道她也不想留下，便让她走了。关上门，乔美琪走到朱小辉跟前，质问道，你怎么回事儿？人家的事你管那么多干吗？他将剩菜尽量全部放进一只大号玻璃碗中，没有看她，低头道，我就看不惯为了自己活得舒服而不顾父母的人。乔美琪切了一声，奚落道，就你是孝子，别人都是白眼狼，行了吧？朱小辉道，我是认真的，父母把我们养大，就算有过错，也是功大于过，什么时候都不能忤逆。乔美琪心里一惊，遂问道，看来在你心里，父母要比老婆重要得多了？朱小辉道，不能这么比，一码归一码。父母的有些话还是要听的，将来我也会好好对待你爸妈。他停下手中的活儿，转过身面对着她说，你别多心，我可能比较老派，但并不代表我不爱老婆和孩子。大家都是家人，有矛盾和冲突在所难免，却并非对立的。血缘关系不管什么时候都断不了，不能因为吵过架或是有意见就老死不相往来。乔美琪道，可你要知道，有些人就是相处不来，比如你有小间这样的家人，你怎么办？他歪头看着她，大概没想到这种情况，说，凡事都有解决办法，只要我们愿意面对、沟通，你说是不是？乔美琪没说话，她将所有的剩菜倒进了垃圾袋。朱小辉道，怎么扔了？她道，我不吃剩菜，你又不是不知道。

·8·

元旦过后没多久便是春节。

放假前，朱、乔二人已商量好长假的行程。腊月二十九回家，先去乔美琪家，大年初三再一块回他家，初七上午回京。乔美琪考上大学后，爸爸和妈妈都调到了市里的中学，全家便搬到了唐山。没过两年，爸爸又当上了校长。哥哥是块读书的料儿，上完本科去了墨尔本留学，硕士毕业后又读博。一年不见得回来一次，平时跟家里联系只是视频聊天，听他那话茬儿,是不打算回国了。为此,乔美琪的父母不免黯然神伤,牢牢抓住女儿,不让她离家太远,原来对儿子的爱因为无的放矢不得不转移到了女儿身上。北京到唐山的高铁不过一个多小时,可乔美琪回家并不勤,爸妈问起原因,她一贯以工作忙为借口。事实上是她不太喜欢家中的氛围,爸妈的话不多,两个人之间几乎没有过亲密举动,就像互相看不顺眼又不得不一起共事的同事般貌合神离地客气着。乔美琪小时候还以为这可能是知识分子特有的相处模式,但长大后愈发觉察这俩人之间存在着问题。一旦夹在父母之间,能明显感觉到周围的空气变得清冷、稀薄,时间长了仿佛会让人窒息似的。所以,她宁愿出去旅游也不回家。妈妈因为糖尿病住院时她几乎每周都回,后来病情控制住了,请了一个保姆,妈妈办了病退,她又不常回去了。然而,春节不回去到底说不过去,况且爸妈也知道她交了男友,都想让她带回来。名义上是看一看,其实是把把关。乔美琪明白父母的心思,自从哥哥打算定居在南半球之后,他们是将未来的姑爷当半个儿子看的。如果有可能,他们甚至希望他能倒插门。但乔美琪并不这样想。首先,她尊重男友的想法;其次,她不想和任何一方的父母住一起。

出了高铁站,俩人打了一辆车。出租车停在小区门口,下车后从后备厢里拿出了一大堆东西。除了北京特产,还有茅台酒和各种营养品。毕竟是第一次见未来的老丈人和丈母娘，朱小辉觉得应该买些拿得出手的东西。他爸妈得知后也在电话里嘱咐他，让他不要舍不得花钱。乔美琪倒觉得无所谓，她爸妈并非多么在意物质的人，尤其是爸爸当了校长后，经常有人给他送礼。但她没有阻止，她也想让朱小辉给父母留下良好的第一印象。乔母正在单元门口等着他们，寒暄后，乘电梯上楼。小区不算新，但乔美琪家明显重新装修过，看上去并不过时，面积也不小，家居似乎也都是新换的。乔母瞥了一眼他们放在玄关处的礼品，什么都没说，像是没看见一样。她让朱小辉坐，随后给他倒了一杯茶，语气和动作里透着不自然的热情。乔美琪问，我爸呢。妈妈道，被人叫了出去，一会儿就该回来了。乔美琪又问，陈阿姨（保姆）哪天回的？乔母道，前天才回，年根儿了，该让人回去了。又聊了几句，乔母道，你们随便待着，我正剁饺子馅儿呢。说完，转身进了厨房。

  乔美琪拉着朱小辉去了阳台，欣赏一番爸爸养的花，便进了她的房间。暖气烧得很热，俩人都脱了羽绒服，躺在床上翻看相册。看到那张初中毕业照，朱小辉指着站在他前面，挡住了他肩膀和半个下巴的男生道，你还记得他吗？何亚峰，我的同桌。乔美琪摇摇头道，没印象。朱小辉道，上学时他老欺负我，学习不怎么样，爱打架。他妈在镇上开理发店，那时候。乔美琪道，哦，谁让你发育晚，当时还没很多女生高，不欺负你欺负谁。朱小辉道，这家伙偷钢铁厂的钢条倒卖，被抓了，蹲了三年。乔美琪略感意外道，是吗？他道，是啊，现在放出来了，学烹饪，在镇上开了小饭馆。这时，敲门声响起。接着，乔母推门而入，端着一只盘子，里面有提子、橙子和草莓等。看了他们俩一眼，放在电脑桌上道，吃点儿水果。朱小辉早站了起来道谢，并问，包饺子需要我帮忙吗？乔母道，不用，你们聊。乔母出去后，朱小辉带上门，重新躺到乔美琪对面，压低声音道，真不需要帮帮你妈吗？他觉得乔母看起来精神状态还不错，但声音弱弱的，像是大病初愈。乔美琪道，血糖控制住就没多大问题，做做饭没事儿的，一般家务活都是保姆做。办了病退后她信了教，每周都去做礼拜，有时还去传福音。朱小辉诧异道，是吗？我还以为知识分子都是无神论者呢。乔美琪哼了一声道，就是闲的，不过出去走走总比在家闷着好。

　　直到饺子上了锅，乔美琪的爸爸才回来。饭桌上，朱小辉想给乔父敬酒。乔父说，美琪没告诉你吧，我现在不能喝酒，胃和心脏都有问题。乔母笑道，年纪大了就是事儿多，喝茶吧。说着，给朱小辉和丈夫各倒了一杯。牛肉芹菜馅的锅贴儿，还有两个凉菜。乔美琪道，没做别的吗？乔母道，晚上再给你们炒菜焖米饭，年廿九中午都吃饺子。朱小辉道，我家每年也这样。乔父与朱小辉以茶代酒喝了两口，接着便查户口一般问起了他的情况。朱小辉如实相告。乔父道，原来你们是同学啊，能在北京遇见还真是有缘。乔母轻笑道，说来也巧，我有位姐妹，她儿子和美琪是高中同班同学。朱小辉还以为是乔美琪姨妈家的儿子，便道，亲戚吗？乔美琪道，不是，我妈的教友，他们互称兄弟姐妹。乔母接着道，美琪，你记得吧？我跟你说过，就是周凌。去年刚从新西兰回来，现在在他爸的公司帮忙呢。上次遇见，还说要见你呢。乔父问，什么公司？乔母道，做贸易的。那孩子一看就见过大世面，穿着低调又有品位，而且懂事有礼貌。乔美琪低着头不看妈妈，只道，才见了一面您就发现这么多优点？乔母道，反正比你以前交的那些男朋友都上档次。乔父道，我看小朱就很好，看着就踏实。乔美琪刚想开口，朱小辉道，伯父眼力不错，我这人就是靠谱、实在，没那么多花里胡哨。乔父道，美琪喜欢你就行，我和她妈在这方面向来是开明的。就算有意见也没办法，反正不是我们跟人家过日子。乔美琪重重地放下筷子道，吃饱了。说完，起身回了房间。乔父忙对朱小辉道，她从小就这么任性，都是被我们惯的，你多担待点儿。乔母将盘子里剩下的两个饺子推到朱小辉跟前道，是啊，以后有你受的。

吃过晚饭，看了一会儿电视，乔母进了主卧。几分钟后，她抱着一套床上用品径直走到朱小辉面前说，这里有床单、被罩和枕套，委屈你睡在陈阿姨住的那间小卧室。换了就行，都是新洗过的。朱小辉道声谢谢，接过来，到卧室更换。乔美琪才想跟过去，却被妈妈拉入主卧，关上门。乔美琪笑嘻嘻地说，其实不用——妈妈打断她道，不行，在北京我管不着，在我眼皮子底下就得守规矩。乔美琪不再作声，妈妈接着问，都有采取措施吧，别搞出什么事儿来。乔美琪不屑道，我又不是第一次谈恋爱，这还不知道？妈妈道，那可不一定，我看这男孩心机挺重。你呀，不是他对手，说不定被他甜言蜜语一哄就放松警惕。乔美琪道，瞧您，把恋爱说成"宫心计"了。妈妈道，小心点儿好，奉子成婚的还少吗？就算能打掉，那伤的也是你的身体，男人净是享受，要懂得保护自己。

半夜，乔美琪的房门被推开，朱小辉钻进了她的被子里。俩人尽量不出声音地动着，也不敢开灯，不过也用不着开灯。只是在朱小辉想要进入时，乔美琪制止道，套子呢？他道，没事吧，就一次。她说，不行，我可不想当未婚妈妈。他着急道，那咋办？她打开手机里的手电筒，找到自己的包，从里面翻出了避孕套和润滑油。他道，你怎么还随身带着？她道，工作需要。他问，你爸妈知道你在给计生用品做广告吗？她说，你爸妈知道你做什么的吗？他道，我也没说过，说了他们也不懂。她道，那不就结了。

完事后，乔美琪推了推朱小辉的肩膀说，回去睡吧，让我妈发现不好。

你妈不喜欢我。朱小辉翻了个身，没有要走的意思。

我喜欢你就够了。乔美琪道，甭理她，她就是个文凭控，以为学历高的人一切都好。

那个周凌到底什么样？你有他照片吗？

我怎么会有他的照片？毕业后我根本就没见过他！

上高中时你谈过恋爱吗？朱小辉问得小心翼翼。

你想什么呢？就算谈过也不是跟他，你干吗揪着他不放？

是你妈揪着他不放，听你妈那意思，人家对你还挺有意思呢。

你别没事找事，他对我有意思关我什么事，难道你不相信我？

我当然信任你了，我是怕别人惦记着你。

得了吧，你那点儿小心思我还不知道，你能不能自信点儿？我看你怼我妈怼得挺溜。

朱小辉"嘿嘿"笑着，得意中透着一丝阴险，在黑暗中让乔美琪瞬间发毛，仿佛躺在身边的是个陌生人。她的脑海中突然冒出了他初中时的模样，一张阴郁木讷的脸架在单薄的双肩上，像木偶，也像一只即将进攻的螳螂。笑声停止后，他抓了一把她的胸，起身离开。

上初中时，乔美琪的父母都曾教过朱小辉，但他能确定如果他们对他有印象的话也是因为他曾和杨老师动手而在全校师生面前做检讨那桩风波，而非作为普通学生的他。这两位几乎没叫过他的名字，只有特别好或者特别坏的学生才会给老师留下印象。毕竟他们俩都不曾当过他的班主任,不需要对班上所有人都了解。尤其是像朱小辉这种中不溜的学生,被忽略也属正常。可朱小辉却记得这两位老师,当时对他们本就有一些好感,后来得知乔美琪是他们的女儿后便爱屋及乌,更觉得这一家人了不起,甚至对他们的生活充满了好奇和莫名的向往。他从没想过有一天会以乔美琪男友的身份进入这个家庭,并发现其实它并没有看上去那么光鲜,甚至藏污纳垢。至少现在如此,以前估计也好不到哪儿去,只不过他无从得知。

每个家庭都存在着问题,旁观者尤其能看清这一点。朱小辉暂时发现了乔美琪家的两个问题:首先,乔美琪的父母不和,却在外人面前装出恩爱的样子,这一点他并不觉得奇怪,毕竟很多夫妻都这样;其次,乔美琪家和亲戚几乎没有来往,这两天来拜年送礼的几乎都是有求于乔父的学生及其家长。他曾问过乔美琪,她说他们根本不走亲戚,尤其是爷爷奶奶去世后跟老家的人几乎断了联系。另外,乔美琪的父母在变老,虽然乔父的权力还在,但就像秋后的蚂蚱蹦跶不了多久了。可这俩人却依然活在自我营造的优越感中,瞧不起劳动人民以及他们的后代。这让朱小辉觉得好气又好笑,恨不得两个耳刮子扇醒他们,告诉他们时代早就变了,他们有什么可牛的?又何必端着架子?这个家庭让他感受到的只有虚伪和装腔作势,他真想马上回家,和一大家子人在一起。哪怕只是表面上的其乐融融也比只有四个人各怀心事地演默片一样相处要舒服得多,至少有过年的氛围,有人情味儿。曾经对乔家的羡慕和觊觎,在体验之后,全都消失得无影无踪。而对乔美琪,他则生出了些许同情,在这样的家庭长大还真是可怜呀。他甚至觉得他和她谈恋爱是在做好事,是让她脱离苦海。

·9·

从唐山到临溪镇有过路车,但班次较少,于是朱、乔二人还是先乘火车到了县城。火车上,朱小辉说,回到北京我要考驾照,以后咱俩回家方便,能省下不少时间。你要不要学?乔美琪道,你想买什么车?他道,理想中的当然是宝马或者四个圈,但现阶段顶多弄辆本田先开着。她问,四个圈是?哦,奥迪。朱小辉笑道,你呢?乔美琪道,我对车没多少研究和期待,舒适最重要。不过我觉得要买的话,还是一步到位比较好。朱小辉道,你这口气还真是财大气粗。乔美琪摇头道,这跟钱没太大关系,其实很多东西都这样。与其先买个便宜的凑合着,以后再买第二个,不如起头就买心仪的,两次花的钱加起来也不一定少。朱小辉点点头,看着窗外萧瑟的冬景道,是这个理儿,可也得起头就有那个财力。

全家人都来接站,妹夫张轩开着他的二手雪佛兰,爸爸另打了一辆出租。外甥一见到朱小辉便扑过来抱住他的腿，连喊大舅，接着要礼物。朱小彤道，你倒实诚，回去再说。互相介绍后，小外甥瞪大眼睛看着乔美琪。朱小彤道，叫姨。朱小辉道，叫妗儿吧。乔美琪捏了朱小辉胳膊一把，他作势龇牙咧嘴道，看你妗儿多厉害。外甥并不眼生，大方地叫了声"妗儿"。乔美琪从兜里掏出朱小辉早已备好的红包递给小男孩道，只有这个，以后再给你礼物。小男孩老练地接过，说，谢谢妗儿。朱母道，别在外面站着了，上车吧。朱、乔二人坐了雪佛兰，中间夹着小外甥，城里有点儿堵，出城后不过二十多分钟便到了镇上。乔美琪看着窗外，心想，变了，和以前一点儿都不一样了，根本找不到他们家以前在路边租的那栋房子了。

朱小辉家有两张桌子，平时都用小的，年节待客时才会用直径大约一庹（成人两臂左右平伸时的长度）长，四个边角可以折叠的那张。其实总共也才八个人，除了家里的七个人，还有朱小辉的小姑。她在看菜店，只在吃饭时来了一个多钟头，接着又去看店了。春节时生意太好，原来雇的人放了假，即便临时又雇了两个人，也还要小姑看着，不然忙不过来。乔美琪对着敞亮的大瓦房和足有三个篮球场大的院子，对朱小辉道，不错啊，你家是地主吧！朱小辉在阳光下眯着眼道，我家从我爷那辈儿起就是贫农，我老家叫小定府，挨着我们村的叫祁家庄，都在兰泉河边上，是临溪镇最穷的两个村。"小定府祁庄子，粪箕子笼筐子"，意思就是穷得叮当响，这是我爸小时候的顺口溜。现在看起来好过了是因为整体水平提高了，真要比起来，还得靠后站。乔美琪只是开个玩笑，没想到朱小辉会忆苦思甜。他回忆这些时看上去并不伤感，更多的是自嘲，甚至还有点儿怀念似的。她道，有地就值钱，照现在的发展趋势，这儿早晚得盖楼，说不定你就成了拆迁暴发户。朱小辉道，那不太可能吧。正说着，朱母喊乔美琪，她过去，未来的婆婆塞给她一个红包道，拿着，压岁钱。乔美琪不想要，朱小辉笑道，替我拿着呗，我都好几年没收到压岁钱了。乔美琪只得收了。

朱家弄了满满一大桌子菜，炒菜里一律肉多蔬菜少，炖菜里除了肉就是骨头，光鱼就有三样——炖鲤鱼、红烧鲫鱼，外加一道盐酥麦穗鱼。朱母不断让乔美琪吃菜，让她不要见外。还让朱小辉给她夹菜，接着亲自给她夹了一只鸡腿。并道，尝尝，这是小辉他老叔养的柴鸡，不喂饲料，冬天吃粮食夏天吃虫子，肉可香了。乔美琪的碗里已看不到米饭，被排骨、鸡腿和各种鱼肉覆盖着。她真想说，我有手，不用您夹了。小外甥道，我也要吃鸡腿。乔美琪赶紧趁势将鸡腿夹给他。朱母道，两只鸡腿呢，我给你找那只。乔美琪赶忙道，不用了，我吃不了，您快坐下吃吧。朱母道，没事儿，肯定在底下呢。朱父突然厌恶地说，你翻来翻去，别人还怎么吃？朱母道，我这筷子没用过，是专门夹菜的。朱小辉道，妈，行了，她不爱吃鸡肉。乔美琪忙顺坡下驴，嗯，我吃牛羊肉比较多。朱母停下筷子，望着一桌子菜，略显失望地说，小辉这孩子也不早说，你看看，根本没准备牛羊肉。朱小辉道，晚上明天再吃都行啊。朱母讪讪地坐下，说，明天去你奶奶家。乔美琪注意到她还穿着油渍麻花的围裙，连手指上都油光闪闪。她突然没了食欲，将碗中的肉夹给朱小辉，吃光米饭道，我吃饱了。朱母道，有汤，喝碗汤吧，我给你盛。乔美琪起身，拿着碗道，我自己盛吧。说着，离开饭桌，去了厨房。朱母还是跟了过来，告诉她芫荽在案板上，醋也在旁边，要吃自己放。乔美琪不太习惯朱母如仆人似的热情，搞得她很不自在，只盛了半碗汤，端着来到院中。

土狗小黑第一次见乔美琪，朝她仰着脖子审视一番，随后发出护食般的哼哼声，接着干脆汪汪叫着，作势扑过来，将狗绳挣得笔直。乔美琪后退两步，汤差点儿泼了出来。正不知如何还击，听到身后有人道，小黑，别叫了，抽你。小黑马上变脸，贱兮兮地摇起尾巴。乔美琪转身，只见朱小彤走了过来，将一块骨头扔给小黑。它一口接住，低头回到窝中细品。她对乔美琪说，这狗挺好，见一次就记得。你在我家住几天，保证下次再来就冲你摇尾巴。乔美琪道，那我最好喂喂它。小外甥冲出来，抱住朱小彤，一只手顺着衣襟往里面伸。她打了儿子一巴掌，将他的手拽出来道，你都几岁了？还撒娇，一点儿不害臊。孩子似乎早被打皮了，根本不当回事儿，依然狗皮膏药似的黏在他妈身上。乔美琪道，几岁了？朱小彤道，明年暑假后上幼儿园。乔美琪道，那你就省心了。朱小彤道，这个是省心了，又要来个。小外甥隔着衣服摸着妈妈的肚子道，我妈要给我生小弟啦。乔美琪不太敢相信道，又有了？朱小彤点头，脸上洋溢着幸福的烦恼道，最好是小妹妹，再来个小弟，不累死我跟你爸才怪。乔美琪不解道，女孩男孩不都一样花钱吗？朱小彤道，哎，现在娶个媳妇没有十万下不来。这还不算买楼的钱，光是彩礼。乔美琪道，等他们长大了说不定早不这样了，而且，人家以后上大学考出去自己搞，不来那一套。朱小彤道，那也得攒钱，买楼总用得上。乔美琪道，也是。朱小彤笑道，我哥能遇到你，还真是中了大奖。乔美琪这才意识到自己这么说倒像在表明自己不要彩礼似的，不过她真没想过这回事儿。她不关心这些，只觉得两个人如果真心喜欢对方，又何必在意形式？哪怕只是登个记，谁都不告诉，什么都不办也没关系。说到底，两个人决定在一起关别人什么事儿？

朱小辉家的房间不少，但装了暖气片的只有两间，一间靠东，一间靠西。朱母将两个人安排在了西屋，里面放的是双人床，以前的火炕早拆了。朱母将被褥抱进来道，白天晒过了，放心盖吧。被子很大，够两个人盖。朱母出去后，乔美琪发现有两床被子，一薄一厚。她问朱小辉，你要薄的还是厚的？朱小辉笑道，傻瓜，我妈的意思是让咱俩盖厚的，薄的是小被子，要是冷的话就盖在厚被子上面，不冷就不盖。乔美琪道，是吗？怎么你妈比我妈还开放，没结婚就让咱俩住一块。他道，不是她开放，而是农村都这样，好多没过门的就跟男的睡在婆家了。她问，那万一没成呢？他道，没成就没成呗，多数都会成的。现在的小年轻儿特想得开，很多不到二十岁就跟人睡过了。而且大多数都是怀了孕才被迫办婚礼，等结婚年龄到了再领证。有的会把孩子打掉，多数都不打，宁可交罚款也要生下来。乔美琪微微感到吃惊，不仅是对这个事实，还对朱小辉对此事所持的态度。很明显能从他那轻描淡写的语气中感受到他对这些是无所谓的，甚至是认可的。可她觉得这也太随便了，随便得有些蛮荒，像是回到了原始社会，完全从本能出发，没有一点儿顾忌以及对爱情和文明的尊重。

朱小辉的爷爷在他上高三那年去世了，奶奶的身体虽然硬朗，但将近九十岁，已不能做饭，目前和小儿子家一起生活，在东北安家的大儿子和朱小辉的爸爸定期提供生活费。除了朱小辉的大伯一家，每年春节之后初三或初四，一大家子人全都聚到老家看望老人，吃一顿饭。乔美琪成了这次家庭聚会的热点和中心，认了一大堆亲戚，收到了来自朱小辉的奶奶、老婶儿和三个姑姑的红包。每个房间都是人，乱哄哄的，地上满是瓜子皮、花生皮和糖纸，一杆杆烟枪毫无顾忌地吞云吐雾，而朱小辉则和他几个平辈的兄弟们斗起了地主。乔美琪觉得无聊，遂出来，在院子里站了一会儿，去了厨房。朱小辉的妈妈、老婶儿、妹妹等人在洗菜做饭，她刚拿起一头蒜，就被朱小彤抢了过去道，你就待着吧，以后有你干活的日子。朱母问，小辉呢？乔美琪道，打牌呢。老婶儿问，没玩钱吧？乔美琪道，应该没有。朱母道，小辉小时候，一到冬天没事儿了，他爸就去打牌，输的多赢的少，连吃饭都还得去找他。俩孩子都小，他也不帮我带。妯娌马上道，他老叔不也一样嘛，鞋底儿光跑一庄，吃饭也不回。朱小彤道，你们怎么不管管？朱母道，管不了，哪像你二姑，能把你二姑父打晕。朱小彤笑道，还是我二姑厉害，那后来呢，我爸他们怎么戒的赌？朱母道，有一回你爸把买化肥的钱输了，就再没碰过。朱小彤道，看来还是得让他心疼才长记性。女人们像是在说着别人的事，或是已事过境迁到可以拿来玩笑的程度。可乔美琪却笑不出来，她无法想象那样的婚姻生活。虽然自己父母的婚姻也不完美，却从没见他们吵过架，更别提动手了。

吃饭时坐了三大桌，男人、女人和孩子们各一桌。乔美琪和诸多女眷坐一桌，旁边的那张桌子上坐着朱小辉和男客，菜肴丰盛得不像话。席间，众人依旧不断给乔美琪让菜，但好在没人给她夹菜，只是把离她远一些的菜换到她跟前。女眷们喝饮料，男客们喝酒。乔美琪留神听着，在朱小辉干了三杯啤酒后走到他跟前低声道，少喝点儿吧你就。朱小辉那个在税务局当科长的大表兄马上笑道，弟妹你放心，小辉的量我们都知道，保证不让他喝趴。在交通局管财务的二表兄道，弟妹你要是心疼小辉，就替他把这杯干了。二表兄的老婆隔空喊话道，张志远你给我规矩点儿，少胡说，别吓着人家。二表兄趁着三分醉意道，老爷们的事儿，老娘们少管。乔美琪道，大表兄，二表兄，我干了这杯，你们就别让小辉再喝了，成不？大表兄道，我们哥们一年也就见一次，还不能喝个痛快？乔美琪道，他喝不了那么多。朱小辉仰脖对她道，没事儿，你别管了，吃饭去吧。乔美琪按住他的手，抓过酒杯，一口气全干了，憋得眼泪往外冒了几滴。她随手擦擦嘴角，放下杯子，对朱小辉威胁道，行了，再喝，你试试。说完，她转身回到自己的座位。朱小辉讪讪的，只得改喝饮料。

饭后，乔美琪和朱小彤等女眷到兰泉河上溜了一会儿冰。回到家时见朱小辉又在和男客们玩扑克，且玩兴正浓。可能因为喝了酒的缘故，朱小辉红头涨脸，两眼放光，嘴里还叼着烟，带着几分痞气。朱小辉像个孩童般无拘无束无所顾忌，他这副释放自我的样子乔美琪还是头一次见，让她既为之汗颜，又稍感讶异。她想起了有句话是这么说的：爱一个人，一定要去他长大的地方看一看。现在想来，这句话不仅不浪漫，还有可能毁掉一些好感。一个人长大的地方会让他不由自主地卸掉伪装，现出原形，展示出他内心隐藏最深的那一面。真实的东西往往不怎么美好，甚至龌龊粗鄙。尽管乔美琪明白人不可能只有一面，她应该试着去了解和接受一个完整的真实的朱小辉。可她还是隐隐担心，担心他身上遗传了父辈的缺点。这些缺点虽然在他成长过程中被压制住了，却融在了血液中，是不可能完全抹灭的，说不定什么时候就会显现甚至爆发。这时，朱小辉发现了乔美琪，忙冲她露出一个人畜无害的稍微迷离的微笑，这个笑容立刻让她觉得自己刚才过于杞人忧天了。

·10·

冬天在朱小辉家洗澡不方便，镇上有浴室，但乔美琪不想去，即便单间，她也觉得不干净。初七下午一回到北京，放下行李，乔美琪便拿上浴巾去了卫生间，随即响起水声。少顷，她探出头道，去看看，水不热。朱小辉进厨房，打开燃气阀门，喊道，可以啦。进了房间，他给家里打电话，没人接。过了十多分钟，妈妈给他发来视频邀请，接通，只见爸妈都在。

妈妈问，刚到吧？美琪呢？朱小辉道，洗澡呢。妈妈道，手机充电器落家了。他道，没事儿，我这多着呢。爸爸道，你很喜欢那丫头吗？朱小辉不明所以道，哪丫头？妈妈道，美琪，你爸就是记不住人家名字。爸爸道，记她干吗？朱小辉回答，喜欢啊，怎么这么问？爸爸问，有多喜欢？朱小辉道，您想说什么？爸爸道，再喜欢也不能比她喜欢你的多，不能上赶着。朱小辉不明所以道，为啥？爸爸用过来人的语气道，谁喜欢得多谁就被拿得死死的，太顺着她，时间长了她就不把你当回事。一个女人在家里耍威风没问题，到了外面还是应该听男人的。你看那天在酒桌上，她让你多没面儿。这还没过门呢，真要结了婚，你还能好过？

妈妈插嘴道，人家也是为了小辉好，再说，现在流行怕老婆，哪有女人像我这么窝囊？爸爸道，嫌窝囊你就走，我们爷俩这讨论问题，你别打岔。妈妈道，能走我早走了，你就是欺负我娘家没人了。朱小辉为了不让爸妈吵起来，赶紧道，我知道了，您那老脑筋要改改了。我不生她的气，她管我的确是为了我好。面子不值钱，我不在乎。爸爸哎了一声道，傻儿子，别掏心窝子，记得留一手，免得以后受伤。朱小辉道，行啦，我心里有数。感情就得真心付出，哪能计较得失呢？没别的事就挂了吧。

关掉视频，朱小辉回头，只见乔美琪站在门口擦着头发道，留一手？你爸还挺逗。

朱小辉不知道她听见了多少，但听她的语气并不当回事儿，只得和稀泥道，你别往心里去，我爸就那样儿。他年轻时和我妈是相亲认识的，我妈不太看得上我爸。后来我爷爷奶奶把家里唯一的一座瓦房许诺给他们，她才嫁了过来。俩人一开始没多少感情，经常吵架。

看来你爸对我意见还挺大。乔美琪将浴巾挂好，披上睡袍，坐到床上。

你妈对我不也是不满意吗？朱小辉凑上来道，还说我心机重，我真那样吗？

"心机重"这话是乔美琪转述给朱小辉的，她希望两个人能做到透明，尤其是在对方父母家人的态度上更不能有任何隐瞒。她捏捏他的脸道，反正不是个省油的灯。朱小辉的手顺势伸进睡袍，将她推倒。她挣扎着道，洗澡去。他道，做了再洗，反正都要洗。她道，不行，臭死了。见她极力反抗，他只得停止，吸吸鼻子闻着自己道，是有一点儿臭。说着，下床去了卫生间。洗过澡，俩人做了一回。睡了一会儿之后，朱小辉问乔美琪，你爱我吗？乔美琪闭着眼道，爱。他道，我也是。她问，你是什么？他道，我也爱你。

你说，为什么父母不看好咱们呢？过了一会儿，朱小辉问。

他们的感情观、婚姻观和年轻人不一样。乔美琪道，你很在乎他们的想法吗？

那倒没有，只是不太明白他们为什么总把问题想得那么复杂。

管他们呢？咱俩的事只要咱俩愿意，别人休想干预。乔美琪一本正经地分析道，很少有家长不想操控儿女的，他们都美其名曰"为了你好"。其实就是家长权威作祟，不懂得尊重人，自私自大，自以为是，把快乐建立在儿女的痛苦上，对儿女真正的想法置若罔闻。这差不多是那代人的通病。幸好他们老的老，死的死，有主见的年轻人渐渐成长为中坚力量。

朱小辉露出刮目相看的表情道，哇，真没看出来，你还挺有社会责任感嘛，大道理一套一套的。乔美琪道，不过是有感而发，随便说说。其实咱们能做的就是管好自己，将来有了孩子，等他长大了，绝对不干涉他的想法。当然，建议还是要说的，听不听在他，我肯定不会把自己的想法强加给他。每代人、每个人都应该有选择如何生活的权利。

要是我爸听见了，肯定会说"不听老人言，吃亏在眼前"。朱小辉道。

社会之所以进步，就是因为年轻人不听老人的话。乔美琪道。

你这话是从你的同事那里学来的吧。朱小辉想起了上次聚餐时和他发生争执的小闫。

不是，好像是个写科幻小说的作家说的。乔美琪道，我在网上看到的。

网上的东西不可尽信，乱七八糟的太多。朱小辉道，朋友圈我早关了，也懒得刷，不仅浪费时间，还会影响情绪。

有些事知道不知道都可以,咱们小老百姓,只专心工作,努力生活,过自己的小日子就够了。你说是不是?

可这样你不觉得跟不上时代的步伐,不担心会落伍吗?乔美琪道,就像咱们的爸妈一样,况且他们以及比他们岁数大的人也都积极关注时事呢。

那又怎样?还不是没有自己的观点,或者被网上扭曲的观念带上歪路,还不如不上呢。

你说的那种情况毕竟是少数,再说我每天都在网上,我这工作就要求我必须跟着潮流走,网络流行什么我们就得干什么。乔美琪道,实在没办法。

为了赚钱这样做也可以理解。朱小辉道,咱们也只能背地里发发牢骚,一到办公室立刻笑脸迎人,什么时候不想笑的时候就能不笑那才算基本成功了。

那估计只能一个人待着,什么都不干。乔美琪道,再大的腕儿,只要在江湖上混,就有身不由己的时候。哪个行业都有衣食父母,没有谁能绝对挺直腰杆赚钱!

也对!朱小辉想了想,叹道。

两个人在一起总比一个人过日子要显得快,人生中大多数的无聊都能因为有人陪伴而变得不那么难过,所以才会有人矫情地声称"陪伴是最长情的告白"。至于那些源于生活终极意义的追问才产生的烦恼并非每个人都会有,至少乔美琪和朱小辉都没有。他们早过了庸人自扰的年纪,生活的意义对他们而言就是食物、天气、工资、八卦这些具体的事物。今天和明天唯一的不同大概是明天更接近周末,更接近发工资的日子。如此一来,明日复明日,明日特别多。进入四月份,天气渐暖,俩人吃过饭经常出去散步,有时拉手走在一起,朱小辉便觉得特别美好,仿佛能这样走一辈子似的。

五一节前的一个工作日,乔美琪刚开完会,手机响了。是个陌生号码,但显示来自唐山。她接听,才知道是朱小彤打来的。她问,找你哥吗?对方道,不,我找你有点儿事,方便说话吗?乔美琪去了阳台,问她什么事。朱小彤说,我还没给我哥打,我觉得应该先给你打。为了让孩子能在县城上学,我们打算买楼,相中了一套三居室。价格有点儿高,东拼西凑了一些,首付还差了七八万。实在不知道去哪里找了,所以想问问我哥有没有。乔美琪道,那你干吗不直接问他?朱小彤道,就算我问了他,他也得问你,不如我直接找你,说得更清楚。如果你们近两年不着急买房或是没有别的大头开销,能不能先救救急?等我们有了钱一定先还你们,或者分期付也行,就当跟你们贷款了。乔美琪道,你问你哥就行,只要他能借,我没意见。我俩又没结婚,我管不着。朱小彤道,能不能你跟他说说,你们商量好了再让他给我回话?乔美琪想了想道,也行,晚上回去我跟他说。朱小彤道,好,谢谢嫂子。还有我借钱这事你俩知道就好,别告诉我爸妈，也别让我哥跟家里说。乔美琪感到奇怪，随口问怎么回事。朱小彤道，我本来跟我爸借的，我知道他拿得出来。但他说要留着给你们结婚买房用，把我给撅回去了。他要知道我跟你们借，肯定从中阻挠。乔美琪略感吃惊道，是吗？我们还没这打算呢，先借给你也没关系。朱小彤道，我爸就那样，不管什么事都可着儿子方便。我这嫁出去的人在他看来早不姓朱了，早成外人了。以后他就指望着你们给他养老，才不会往我们身上投资呢！乔美琪不知该说什么，只叹了口气。朱小彤也没再说什么，随后挂了电话。

晚上回到家，乔美琪将事情原原本本告知给朱小辉。他想了想道，七八万倒不成问题，你觉得呢？她道，干吗问我？有就借呗。那是你亲妹，难道你还听你爸的？他说，反正别让他知道，不然准唠叨。她道，想不到你爸重男轻女的思想还挺严重。朱小辉道，老人嘛，都那样。乔美琪道，我爸妈就不，从小到大对我和我哥一视同仁。有时甚至更偏向我，因为我小嘛。朱小辉道，我爸是农民，当然比不上知识分子的觉悟了。乔美琪道，呵，听你这满不在乎理所应当的口气，有缺点还占理了？他道，我只是觉得这不能单纯怪个人，要怪就怪传统观念呗。这跟个体的素质关系不大，主要还是环境、阶层和教育造成的。这话让乔美琪心里别扭，她想起以前流行过的一句话——点儿背怪社会。她觉得一个人的价值观念固然和朱小辉说的那些因素有关，可主要还在于个人的性格。如果一昧从客观上找原因，而不正视自身的缺点，是很难真正提高和改变的。

·11·

五月二号，乔美琪和朱小辉参加了一场婚礼，新娘是乔美琪的好朋友罗勒。之前罗勒一直声称自己是不婚主义者，且两人一同去斯里兰卡旅游时她的男朋友还没影儿。因此这个消息犹如一枚炸弹掉落湖面，瞬间激起千层浪。收到电子请柬的几个同事兼好友对此十分诧异，新郎的身份更令人好奇万分，于是立即在会议室里趁着头脑风暴的余波对罗勒进行了"审问"。罗勒兴致很高，有问必答，脸上绽开一朵朵愉悦的花。据她所述，和男友是在从北京去天津的高铁上认识的，他坐在罗勒旁边的位置，主动和她搭讪，一开口便是地道的京片子。这让罗勒既觉得亲切，又觉得好玩，于是两人攀谈了一路。那男人来自澳洲，已在北京工作生活将近二十年，中文讲得非常流利。下车后，他又向罗勒问路，罗勒干脆和他打了同一辆车，将他送到了目的地，之后加了微信。男人和罗勒的几张婚纱照就附在请柬上，大家都说很有夫妻相。

当天晚上，朱小辉看见他们的结婚照后，对乔美琪说，这老外比她大了起码得有二十岁吧。乔美琪道，怎么可能？

我问过，只差九岁，老外本来就显老嘛。朱小辉开着新买不久的宝马——花了三十多万，两个人一起买的。他还有点儿手生，但只要别开太快倒是没问题。下次回家他决定开回去，到高速上练练手。他小心翼翼地握着方向盘说，没想到吧，人家还赶在你前边了。她道，结婚又不是比赛，有什么可比的？再说，她还比我大两岁呢。朱小辉问，这老外是二婚吧？乔美琪道，是的，早就离了，据说前妻在悉尼。你可别到处去说，她只告诉了我一个人。朱小辉道，我能和谁说？你的同事都不爱理我。

刚学会开车的人出门就想着开车，就像刚学会游泳的人希望整天泡在水里一样。朱小辉说，等到那天咱俩开车去。乔美琪道，你自己开吧，我得早去。我是伴娘之一，有好多事要提前准备。朱小辉问，几个伴娘啊？那我就等快开饭了再去。她道，三个，宾客不少，她老公在一家外企做主管。朱小辉道，你说她是不是看上他的钱了？乔美琪道，别瞎说，罗勒不是那种人。朱小辉道，这老外又不好看，年纪还那么大，那她图什么？乔美琪道，你能别那么庸俗浅薄吗？人家两口子都是素食主义者、环保主义者和动物保护主义者，有共同语言和一致的精神追求，是灵魂伴侣。朱小辉道，别说得那么玄乎，灵魂伴侣也得建立在物质基础上。那老外要是个废柴，共同点再多，她也不会跟他闪婚。乔美琪道，废话，他要是废柴，怎么可能有共同点？罗勒很优秀的好不？她配得上这么美好的感情。朱小辉完成拐弯后才道，你是不是特羡慕？也想跟个老外？乔美琪歪头白了他一眼道，你有病吧？我是替闺蜜感到高兴，你想哪儿去了？朱小辉没言语，嘴角轻轻地抽了抽，随后狠踩了一脚油门。

婚礼当天天气晴朗，微风，适合户外活动。早在温榆河和金盏村拍婚纱照时，这对新人就选好了举行婚礼的地点，在东五环外。头一天下午，乔美琪住到了罗勒那里。凌晨四点开始化妆，八点钟出发，九点多时到达婚礼现场。双方的亲人乘坐大巴车而来，其他散客则多是自己打车或开车过来。伴娘和伴郎都是三个，三个伴郎中有两个老外一个中国人，都比新郎年轻。司仪将伴郎和伴娘叫到一起，交代了一些需要他们做的工作。其实也没什么要紧的，因为婚礼策划都由专业团队外包了，他们不过是准备婚戒、端着酒，时刻跟在新人旁边，以应付各种状况。阳光穿过树丛，落在草坪上，照着白色的塑料椅子，黄色、红色和白色的玫瑰花以及百合花在微风中轻轻摇曳，仿佛在向新人倾诉着祝福。先来的人们低声交谈着，乐队轻声演奏着，愉悦中透着纯洁和庄严。乔美琪和另外两个伴娘都穿着淡紫色的礼服，款式稍有不同，她的这一款是露肩装，另外两款都有袖子。本来她不想这么穿，但三个人中属她皮肤最好，肤色匀净白皙，加之罗勒坚持说这套是按照她的身材定做的，她才穿了。她望向人群，没发现朱小辉，十多分钟前他给她回信息说导航显示还有三公里多。

太阳又升高了一点，司仪让大家就座，乐队提高了演奏的声调，表情随之变得职业和端庄。乔美琪和伴娘互相整整衣衫，又检查了一番罗勒的造型，确保没有问题。罗勒今天很美，洁白的花朵衬着她微微泛红的脸庞，人和花融为一体：端庄、神秘、孤芳自赏，体现着新娘独有的庄严。乔美琪喜欢这种氛围，仿佛从中感受到了祝福，对自己的婚姻也有了一番笼统的美好憧憬。她还是没能在人群中发现朱小辉，便打电话给他，但是他没接。可能是开车不方便接吧，乔美琪正想着，伴郎中的一个年轻老外就过来和她搭讪。这金发小子生着一双淡蓝色的眼睛，看人的目光潮乎乎的，就像潮水要将对方包围似的。他说英文，乔美琪也回他英文，他说他叫哈利·波特，因为他爸爸喜欢这一系列的电影，所以给他取了这个名字。乔美琪便和他低声聊着，不管他说的是真是假，搭讪技巧多么拙劣，权当找个外教练口语好了。

朱小辉没接乔美琪的电话是因为他当时正在停车。停车处的保安似乎也没什么经验，完全不知如何指挥。两个新手碰一起，结果就是一两分钟能搞定的事居然花了五六分钟。两个人都无端生出些许闲气，搞得朱小辉参加婚礼的兴致大打折扣。等他走到婚礼现场时，典礼刚好进行到证婚人发言的环节，没有人注意到他姗姗来迟。他在后排的座位坐下，用目光寻找着乔美琪。此刻，乔美琪和金发伴郎正聊得兴起。从朱小辉所在的距离和角度看过去，两个人都眉飞色舞，听不见说的什么，但笑得很开心，远远望去，就像在调情。朱小辉越看越觉得心口堵得慌，干脆别过脸，之后起身往别的地方去了。在没人的地方，一棵银杏树下，他给乔美琪打电话，说他已经到了。乔美琪的语气里还带着开心大笑之后的微弱气声，想来一时半会儿没有从和金发小子的热络中抽离。她张望道，没看见你，在哪儿呢？朱小辉道，我去别的地方抽烟了，吃饭时你还有事吗？她道，伴娘得跟着新娘，一会儿开席你先吃吧，回头再找我。朱小辉道，那行吧。

吃饭就在附近的大厅，一看就是临时布置的，窗户大敞着，空气里有经年的灰尘气息，有点儿像很久没人光顾的农家乐。好在菜品够档次，弥补了硬件的缺憾。饶是如此，朱小辉也没什么食欲，一见到乔美琪跟在新人后面对大部分不认识的宾客笑容满面，他就觉得心塞。他讨厌有主儿的人跟其他异性走得太近，也不喜欢乔美琪在这种场合游刃有余，尤其是和金发伴郎那股亲热劲儿。她眼里究竟还有没有他？难道她还当自己单身？菜还没上完，朱小辉就再也吃不下去了，一抬屁股出了大厅。乔美琪之前看见朱小辉在这一桌，当他们敬到此桌时却没有朱小辉的影子，只有他坐过的那把椅子被两边的宾客挤到了外圈。因这一桌人她也不认识，便不好问他们，本想介绍一番，现在看来省了不少唇舌。

人走得差不多了，乔美琪才找到朱小辉。钻进车里，她微闭着眼道，有点晕。朱小辉轻轻地哼了一声道，喝了不少吧。她道，没办法，下次再也不当伴娘了，又累又吃不到东西，还得挡酒。他不屑道，还不是你自找的。乔美琪听出口风不对，便道，不好意思推掉，你一个人待着特无聊吧。车子拐上了林荫路，他道，还凑合，反正我这人本来也没那个金发伴郎有意思。她嘿了一声，你什么意思？他冷笑一声道，看你穿得，袒胸露背，那老外对你刺啦刺啦乱放电，你是不是觉得自己特有本事？她听出了酸味儿，便问，你吃醋啦？朱小辉板着脸道，他也配？你是不是觉得他比我强？她道，你这人怎么回事？别说咱俩没结婚，就是结婚了，我也有和男人说话的权利！你怎么看是你的事，我问心无愧。他扭头瞅了她一眼，目光里闪着火星，解着恨地道，我还能怎么看？我就是觉得你轻浮。

乔美琪简直不敢相信自己的耳朵，问道，你说什么？朱小辉硬邦邦地回道，我说你轻浮、不自重，和那个老外眉来眼去的样子真让人恶心。乔美琪气得呼吸急促，攥着拳头在腿上捶了几下道，停车！你给我停车，我叫你停车，我要下车！朱小辉本想立即停车，但慌乱之下踩错了油门，又开出去好几十米才骤然停下。乔美琪推开车门下了车，朱小辉问她，你要去哪儿？她气呼呼地说，我去找伴郎。随后撞上了车门。朱小辉扯着嗓子，隔着玻璃道，行，有种，你去吧！

往前开了大约两百多米，朱小辉在后视镜中观察着乔美琪，她踽踽独行的样子令他心疼，只好骂了一声"妈的"，找准时机掉了头，行到她后面又掉过头来赶上了她。随她行驶了几分钟，摁了几次喇叭，她歪着头，根本不看他。最后，他只好靠边停车，追上，拉住她的胳膊道，上车吧，要生气回去再生。

乔美琪以为他会服软，没想到他连对不起都没说，一开口就是命令的语气，本来要消的火气又上来了。她使劲儿一抬胳膊甩脱他的手臂，梗着脖子，像只倔强的鹅自顾自地往前走。朱小辉也是一肚子气，再次赶上来，强压怒火，想说两句软话哄哄她。临了却忽然想起爸爸曾告诫过他，两个人一旦吵架谁先服软谁就会在以后的关系中一直处于被动。接着又联想到乔美琪从小娇生惯养，人人顺着她，便觉得可气又可笑。在社会上，即使是男友，也不可能像你爸妈那样溺爱着你，你以为你是谁？朱小辉在心里冷冷地嘲笑着，却渐渐生出了一丝怜悯。大人不记小人过，何必跟她一般见识呢？自己到底是个男人，还是让着她点儿吧。从这个角度一合计，他凭空就有了心理优势。于是他死死抱住乔美琪，任她如何挣脱也不撒手，反而像传说中的捆仙索一样越来越紧，且连声对她道，对不起，是我不好。乔美琪无力摆脱，只好道，好啦，好啦，我要被你勒死了。他放松手臂，依然箍着她的腰道，你答应我不生气了，好吗？她笑道，不生气还不行吗？快放开。他这才放开，拉她上了车。开了很长一段后，他才说，你知道吗？我生气是因为我在乎你，心里有你，看你跟别的男人在一起就难受。她道，你就这么小心眼？他道，爱是自私的。她不知该说什么，只觉得心有余悸。

·12·

对乔美琪而言，这一年六月的主题是离别。虽然成年以后尤其是进入社会后，乔美琪对各种各样的离别已习以为常；虽然她明白离别是生活的常态，甚至整个人生就是由一场场告别组成的，先是身边的亲人和朋友每隔一段时间和你或短暂或永久地告别，最后则是你自己告别这个世界；虽然她对此甚至有了免疫力，不可能再像高中毕业时那么伤感……可当身边这几个相处久了的朋友相继不再跟她一起工作和八卦消遣，进入人生的另一条轨道时，她仍然有几分低落。因为他们毕竟不只是同事，早已成为好朋友甚至知己，若有所失在所难免。同时她再一次体会到，能一直陪伴左右的只有爱人，和其他人之间只能是暂时的，总会告一段落。

首先离开公司的是罗勒。婚后没多久，她便跳了槽，在老公的推介下从伺候人的乙方变成了提要求监督人的甲方，进了一家外企，从此轻轻松松，真正"朝九晚五"，很少再加班。虽说偶尔也会跟乔美琪联系，或出门逛街，但缺少了日久生情的日常基础，这份友情只能戛然而止，随之慢慢变淡。乔美琪明白用不了多久，她们都将拥有新的朋友和社交圈子。其实也正常，如今谁还会在一个单位干一辈子呢，人来人往，相聚离开都有时候。

惆怅数日，乔美琪才缓过来。下旬的某一天，小间也要请吃散伙饭，他干到月底也将离职。周五晚上，吃的是蟹老宋香锅。对小间，乔美琪有一种形容不出的特殊感情。他是男人，但简直比女人还懂女人，很多和罗勒、朱小辉都开不了口的话，却可以毫无负担地跟他讲，而他在守口如瓶的同时又能给出具有建设性的意见。对于恋爱、性甚至婚姻，他似乎有一种天生的悟性。其实也没见他谈过多少恋爱，但他接触过的男人肯定比她多，很可能她连他的个位数都不及，也许是实践出真知吧。如今，他将和室友一起到多伦多生活一段时间，估计要三五年才能回来。他的室友被公司派往多伦多的公司工作，而小间一直都有留学梦。辞职后他要安心准备托福考试，面试通过即能进入当地大学读研，等到室友在外工作期满之后再决定是回国还是就此定居国外。

从七点多吃到八点多时，关系没那么近的几个同事相继找理由先撤了，只剩乔美琪、羊羊、小间及其室友。买了单，乔美琪意犹未尽，她觉得还有很多当着其他同事的面没有说的话需要一吐为快，于是提议找个安静点儿的地方坐坐。建外SOHO底商的一家日式小酒馆内这个时间段已没多少客人，就连窗外的大街上行走的也多是加班后回家的白领，稀稀拉拉，竟有几分凄清。乔美琪望着窗外被射灯照得通透的梧桐树叶发了片刻呆，随后又跟小间及其室友碰杯道，祝你们幸福，早点儿成家。小间道，成不成家对我们而言不重要，那只是个形式。乔美琪带着三分醉意道，成吧，早成早省心。小间道，你什么时候这么恨嫁心切了？她道，我跟你们不一样。小间自顾自喝了一口酒道，要说不一样，就是你把结婚当成了终结，其实那是另一种开始。你可得想好了，你真要嫁给朱小辉？

乔美琪挑眉道，怎么？不行吗？小间道，和他结婚，保不齐日后会离婚。乔美琪故意绷着脸道，别咒我行不？小间道，不是咒你，我是觉得你俩不合适。乔美琪问，为什么？小间回道，往大了讲，三观不合；往细了说，他配不上你。我不是跟你说过嘛！乔美琪道，你真这么觉得？小间道，忠言逆耳，信不信由你。羊羊插话道，小姐姐，别听他乱说，他就是对小辉哥有偏见。感情的事你只管相信直觉，外人的话当不得真。小间的室友道，羊羊说得对，你觉得他好就成。跟他过一辈子的人是你，鞋舒不舒服只有自己清楚，别人知道什么呢？小间搂住室友的脖子道，那你觉得我好吗？室友不假思索道，那当然，就算有不好的，这么多年，也习惯了。乔美琪道，对，习惯了就好，我这不正和朱小辉磨合嘛。小间道，瞧你那不自信的样儿，我这是丑话说在前。乔美琪玩笑道，就冲你这话，以后我真要成了离异女人，非找你不可。小间往后一靠，张开怀抱道，好啊，我在加拿大等你，门罗也等着你。门罗是他和乔美琪两个人都非常喜欢的作家。乔美琪道，对了，出国前你要回老家看看吧？小间道，应该会，就算他们不接受我，我也得做到仁至义尽。

朱小辉来接乔美琪，她让他停好车再走过来。他说不能停太长时间，在马路边等她，让她快点儿。她明白他是不想和她的同事们打招呼，便说她要先回去了。小间道，男友来接你了？她道，在路边等我呢。羊羊道，咱们也撤吧，都十点多了。买过单，几个人一起下楼，在门口告别。走到辅路，只见朱小辉打着双闪，乔美琪上了车。他发动车子，耸耸鼻子道，你喝了多少？一身酒气。她道，平常又不喝，特殊情况嘛！他道，你还真够朋友。她道，那当然，好朋友们一个个都走了，以后能不能再见还不一定呢。他道，你认识他的时间比认识我的时间都长吧？她道，咱们初中不就认识了吗？他问，那对他的感情是不是比对我都深？她道，性质不同，没法比。你又要吃醋？朱小辉道，虽然我知道不一样，可他毕竟是个男的。我也不想多想，可又不能不正视自己的感觉。乔美琪道，那是你自己的心理问题，我开导也没用。朱小辉道，即使他对你没有那方面的想法，那你呢？你对他有过想法吗？乔美琪愣怔片刻，随即道，朱小辉，你什么意思？又想吵架吗？他道，真不是想吵架，我是本着学术精神提出疑问，希望你能诚实回答。乔美琪扭头看着他，他瘦削的脸上没有任何表情，一副城府极深的样子，让人猜不透他心里在想什么。乔美琪道，他进公司第一天做自我介绍时就表明了态度。朱小辉将信将疑道，是吗？他还真是一点儿负担都没有。乔美琪道，我们公司的企业文化就是多元、包容、坦诚和彼此尊重。她说得信誓旦旦，其实公司老板最讨厌所谓的企业文化一说，这几点都是她瞎编的。

上了主路后，乔美琪打开车载音响，林忆莲的声音飘了出来——有些人用一辈子去学习/化解沟通的难题/为你我也可以/我的快乐与恐惧猜疑/很想都翻译成言语……你们都聊什么了？乔美琪正听得入神，朱小辉忽然问，天天在一块，哪有那么多可聊的？乔美琪道，嗐，就他以后的打算呗。他道，那你怎么打算的？乔美琪问，什么意思？朱小辉道，我可能要失业了，反正多半得重新找工作。她啊了一声，问，怎么回事？你们公司不是还要上市吗？他道，那不过是老板挽留员工的说辞，眼看着上市无望，老板想要把公司卖掉，目前正跟我们行业内的老大商量呢。乔美琪问，你听谁说的？他道，老板亲口说的，跟我们几个有股份的老员工，说是商量，其实是通知。让我们可以提前物色着合适的工作，卖掉以后会按照我们所持有的股份分钱给我们。

乔美琪问，那收购你们公司的那家老大不要员工吗？朱小辉道，他们的公司在上海，人生地不熟的，就算人家要我，我去了还得重新开始。而且跟你分居两地，不太现实。乔美琪道，我可以跟你去啊！朱小辉道，不行，前途未卜，变数太大，我不喜欢未知数。她问，你打算怎么办？他道，我想回唐山，按照目前老板和对方谈的价码，我至少可以分到六七十万。加上咱俩的积蓄，和家里再要点儿，够在唐山买个不错的房子了。乔美琪道，那工作呢？他道，有了房子和车，工作可以慢慢找。那边消费低，压力也小，随便找个工作，没必要赚得太多，也不用太卖命，日子都能过得很舒服。你觉得呢？

宁可在大城市做条有梦想的沙丁鱼，也不回老家做混吃等死的咸鱼。乔美琪用朗诵的语气道。这话听起来好耳熟，朱小辉哑然失笑。他想起来了，这是乔美琪的QQ签名。估计是几年前的签名了，自从微信代替了QQ，应该就没换过。人应该是与时俱进的，至少要有所改变，不能一成不变，怎么乔美琪现在还是多年前的心态呢？这种心灵鸡汤似的句子让朱小辉不由得嗤之以鼻。他道，我觉得，宁可做鸡头也不做凤尾，小城市有小城市的好。

有什么好？乔美琪不以为然。

你真不知道吗？一句话来总结就是生活安逸。朱小辉道，总这么漂着不是事儿，也该安定下来了。你以为自己还年轻吗？职场就是年轻人的天下。再耗上几年，就算有成就,你更不敢随便离职了。人生不是工作和梦想,还有家庭,有孩子。到了什么年龄段就要做什么事,否则年纪大了后悔都来不及。眼前的苟且迟早都得经历,早经历早省心。

你还不到三十岁呢,怎么暮气沉沉,一点儿斗志都没有?乔美琪看着窗外。

像往常一样,朱小辉将车子停在小区外面。因为里面没有他们的车位,就连外面有时也得绕上好半天才能见缝插针找到一个空隙。熄了火,两个人都没有要下车的意思。朱小辉叹道,一个没钱的外地人不适合在北京生活,连个停车位都得打游击,还得担心被贴条。其实,以前我的想法跟你差不多,打死也不想离开北京。记得我被前女友抛弃那次,一个人深夜买醉,在路边的树根下吐得七荤八素。那一刻我特别想回老家,彻底离开北京。可次日宿醉醒来,揉揉胀痛的太阳穴,洗了个澡之后,我如梦初醒,怎么能回去呢?那个破县城有什么好?我也不是没见过昔日的老同学在那里活得怎么样,每天就是搞搞乱七八糟的人际关系,刷刷抖音快手小视频,跟老婆以外的女人调调情,完全就是混吃等死的咸鱼。这样的生活,再滋润也比不上在北京做一条有梦想的沙丁鱼,起码有奔头、有希望。

顿了顿,朱小辉继续道,可是这两年我渐渐体会到为什么每天都有人离开北京,放弃最初的梦想。因为梦想对咱们来说太奢侈,我们只要活得舒服就行了。人生不是非要怎样怎样，懂得适可而止。适当放弃不是懦弱，那只是一种选择，我们完全可以换一种活法儿。

你让我再想想吧，一时半会儿我还不能决定。爱人在她面前毫无保留地坦露脆弱，让她既觉得心疼，又感到怪异，仿佛从小崇拜的名人突然有一天被她发觉也不过是个普通人。

这一晚，两个人在车里坐了很久。

·13·

一直和乔美琪对接、合作还算愉快的甲方负责人另谋高就后，新上任了一个。以前那主管对工作认真而不挑刺，但新上任这位大姐估计更年期提前，再不本就是个事儿妈。不管是创意还是文案，哪怕只是回复邮件的格式，她都能鸡蛋里挑出骨头来。好像只有让乙方不断修改才能证明她存在的价值；好像乙方的工资是她发的，必须搞得人家天天跟着她加班加点甚至随时待命才够本儿。往往她一句话，就能让整个部门延迟下班。有一次乔美琪已经回了家，对方还给她发微信语音谈工作上的事。对此，乔美琪虽然意见不小，可也没有办法，毕竟是衣食父母，得罪不起，闹僵了于公司的名声和老板都不好，她只能尽量满足对方不合理的要求。甲方的意见都是通过乔美琪传达给手下的文案和美术设计的，他们不能和甲方直接沟通，只能把不满和怨气撒在乔美琪身上。也许他们并非故意，但他们觉得乔美琪不能说服对方搞定对方被对方牵着鼻子走就是她能力不够，甚至明显和她疏远，连午饭都躲着她吃，到楼下买东西也不再叫她一块去。乔美琪有苦难言，备受折磨，身心俱疲。

那天下午快两点了，乔美琪才终于有时间吃早已凉透的外卖。好在天气炎热，凉了也无妨，只是油花子味儿略重。才从会议室回到座位，电话就响了，看号码，她本能地在心里骂了一句脏话，正是甲方的"早更大姐"。犹豫片刻，喝了一口水，才接听。对方开口便质问道，那谁和那谁结婚了，你们怎么一点儿反应都没有？那谁和那谁是两个三四线流量明星，在乔美琪看来不过是靠炒作上位，既无实力更没演技。中午时，同事小鸣跟她提了一嘴，问她是否需要做内容。她说，不用，又不是大明星。小鸣道，可他们在年轻人当中很红，而且今天的微博热点就是这个。乔美琪不太相信道，红吗？我再想想吧。说完，她就抛到了脑后。此刻，甲方大有兴师问罪的意思。大姐接着道，其他品牌和竞品早就跟上了，你们怎么还无动于衷，难道还等我来提醒？那我们干脆自己做好了，给你们钱意义何在？被对方如此一通指责，乔美琪再也忍不住，新仇旧怨一股脑直冲脑门。她不想再低声下气赔不是，干脆理直气壮道，那你们自己做好了，你们给的钱我又能拿多少？不过是两个小破明星，人家都做你就非要做？你就那么跟风那么俗不可耐？你就一点儿准心骨都没有？你明白什么是标新立异特立独行吗？要做你自己做吧，老娘还不伺候你了，省得你整天横挑鼻子竖挑眼！

说完，乔美琪不等对方还击，便挂了。前一分钟还热闹的办公室瞬间极其安静，只有敲键盘的声音零零落落地响起。大家低着头，表面上若无其事，其实和乔美琪一样，都在心里估摸着事态的严重性。只是他们看热闹不嫌事儿大，乔美琪却非常淡定。在话说出口的那一刻，她就知道闯了祸，也做好了承担的准备（大不了辞职）。不管结果如何，反正她爽了，胸中憋了许久的火气和怨气终于一吐为快，犹如咳出了一口陈年老痰。真他妈舒畅！

她以为对方会给她重新打过来将她骂一通，但并没有。过了大概十多分钟，老板"噔噔噔"踩着木楼梯风风火火来到二楼，直奔乔美琪跟前，问她，甲方那姐们儿刚跟我告状了，你怎么回事儿？乔美琪起身，如实道，我没控制住，说实话，我忍她很久了。老板道，这事儿过后再说，那两个明星结婚的热点赶紧想条内容。既然他们想做，那就做。咱们可以有自己的观点和想法，但原则上还是得为人家服务。这点儿道理你怎么不懂了呢？老板当着一屋子同事的面批评乔美琪，这让她有点儿难堪。她道，我想不出来。老板认为她这是赌气的话，便道，想不出来也得想。乔美琪道，我真不了解那两个明星，也不喜欢他们。老板命令道，那就赶紧去了解，不喜欢也不妨碍做内容。

何总，我想了两条，您看看能用吗？小鸣突然站起来说。

老板过去，看了看，琢磨片刻后，让小鸣改掉了其中一条的语序，并换了两个词，最后道，就这样，还不错。说完，又对羊羊道，赶紧做个简单的海报，配这文案，做完发给我。羊羊连忙答应。老板又折到乔美琪旁边道，等会儿你给那姐们儿打电话道个歉。我刚才跟她说了几句好话，她的气估计也消了。这事儿就算过去了，下不为例。乔美琪只好点点头，目送老板下楼，随后狠狠地瞅了小鸣一眼。尽管乔美琪瞧不上这种浑水摸鱼的行为，但她不得不承认，她有点儿佩服小鸣的勇气。坐下的那一刻，她觉得很乏、很泄气，竟有一种英雄迟暮的感觉。她想起了朱小辉那天说的话，难道她真的开始落后于这个时代了吗？

七月初，朱小辉正式失业。其所持有的股份折算成现金，再加上工资和赔偿，将近八十万。总的来说，还是开心多过伤感，就像失去了土地的农民，得到了一笔数目可观的赔偿金，短期内可以不必忧虑未来。至少拿到钱的这一晚他可以和乔美琪大吃一顿，至于明天的事等明天再说。可乔美琪选了一家人均一千多的日料餐馆，这不合朱小辉的意。他觉得那玩意形式大过内容，钱都花在环境、器皿上了。精致倒是精致，却透着一股小家子气。吃过饭，一结账，两个人花了三千多。出门后，朱小辉连说不值。他说他几乎都没吃饱，就那龙虾还不错，可他又不习惯刺身的食用方式。她道，这你就不懂了，吃的就是新鲜，我觉得特美味。他道，你觉得美味就成。她刚想说什么，心脏却怦怦直跳。她连忙按住左胸，感受着它的剧烈跳动，但倏忽间心脏又恢复了正常。他察觉出异样，问她怎么了。她放下手道，没什么。

次日一大早，乔美琪还在睡懒觉，手机便响了，是家里打来的。这个时间段，爸妈很少给她打电话，估计有重要的事，于是赶紧接听。美琪啊，你爸生病了，不过你别担心。妈妈慌乱的语气中透着不知所措和无依无靠，看来问题并不简单。乔美琪顿时困意全无，心随之提到嗓子眼，但她尽量淡定地询问，以便妈妈能将事情原原本本地讲清楚。妈妈道，昨天晚饭后，你爸忽然觉得胸口闷，以为不是什么大事，撑了一段时间还是不行，只能来医院检查。医生说是冠心病，必须尽快做搭桥手术。但咱们这儿做不了，人家帮忙联系了北京那边的医院，现在我们正在路上。乔美琪问，哪个医院？妈妈道，安贞医院。她道，哦，现在我爸怎么样？这时，传来爸爸稍显虚弱的声音，美琪，别担心，爸没事儿，就是告诉你一声儿，等你有时间了再来医院就行。乔美琪道，昨天怎么不说？妈妈道，昨天检查完都十点多了，不想耽误你睡觉。乔美琪问，你们坐的什么车？妈妈道，医院的车，别担心，到了再联系。

挂了电话，朱小辉已听出了大概。得到确认后，他宽慰乔美琪道，别担心，这种病的治疗医学上已经很成熟了。只要做了手术，按时吃药，平时多注意，和平常人一个样儿，反正你爸也不用做体力劳动。乔美琪还没遇到过这种大事，她呆呆的，仿佛神游物外，心里乱糟糟的，脑子里一片空白，完全不知该怎么办。朱小辉只得紧紧搂住她，把她的头埋在自己怀里，感受着她微微起伏的胸脯，心里不由得充满了柔情，甚至想到了相濡以沫这个词。他接着道，一会儿你请个假，咱俩去医院。半响，她才嗯了一声。

两个人到了医院没多久，爸妈也到了。一番检查后，确定了手术方案和时间，就在次日上午，大约需要四五个小时左右。术后观察期大概一周左右，预后良好的话就能出院。手术需要家属签字，朱小辉问乔美琪是她签还是她妈签。乔美琪像是做了什么重大决定似的说，我来吧。签完以后，朱小辉又去窗口办理其他手续。乔美琪和妈妈不是守在爸爸身边，就是等在诊室外面的椅子上。除了乔父的病，母女俩暂时也没心情聊其他事。一切安排好之后已是中午，三个人就近吃了饭，然后又回到医院。乔父已住进病房，只在下午三点时允许家属探望，其他事宜自有护士和其他工作人员负责，不允许家属陪床。探视过后，乔美琪和朱小辉便带妈妈回了出租房，打算明天再过去。

手术顺利并且成功，乔父恢复得不错。眼看着爸爸的脸色一天比一天好，乔美琪悬着的心才渐渐放下。除了手术那一天乔美琪没有上班，其他时候她都在正常工作，只在每天的探望时间由朱小辉接她到医院，之后再送回公司，基本耽误不了什么。幸好这几天朱小辉没班可上，有大把时间为乔父手术的事奔忙和打点，除了办理各种手续，每天还要带乔母往返医院。医院虽有病号餐，但乔父吃了一次就不想再吃，不只是太清淡，还有一股药水味。

朱小辉得知后，便在医院附近的一家餐馆换着花样定了餐，乔父吃得很对口。女儿探视时，他不忘念叨朱小辉的好。他说，这孩子踏实、孝顺，对你又好，我看你们也该考虑一下结婚的事了。乔美琪道，不着急。爸爸道，你要觉得他不错，就别再等了，老大不小了。她道，您的当务之急是养好身体，别想那么多了。爸爸道，我在网上查过了，这手术大概能延长十多年的寿命。他顿了顿，重复道，十多年。那语气好像一年级的孩子在做算术题似的。够啦，你哥我是指望不上了，只希望有生之年看到你结婚、生孩子，过得幸福。

乔美琪审视着爸爸的脸，法令纹又深又长，鱼尾纹犹如大蒜须子般蔓延于眼周。这时她才意识到爸爸确实老了，但他的表情是安然的，似乎接受了命运的安排，并没有任何不甘心的迹象。这几天，很多和爸爸之间的往事总是不知不觉便袭上心头，像呼吸一样自然。大多数是快乐的开心的，哪怕她曾经发过脾气，最终也会被爸爸哄得破涕为笑。因为爸爸喜欢她，总是宠着她。虽然妈妈也喜欢她，却从来不会像纵容哥哥那样纵容她。她和哥哥都知道爸爸更喜欢她，妈妈更喜欢哥哥。平心而论，爸爸是开明且称职的，教育方式明显与其他家长不同。记得小时候有一次因为觉得好玩，她把妈妈的一条裙子剪成了好多块，然后又胡乱缝着。妈妈发现了，一把抢过碎片，痛心疾首道，这裙子花了三百块啊！爸爸安慰妈妈道，给你买新的。然后他将那些碎片塞到女儿面前，让她开动脑筋继续玩。还有一次，那是乔美琪第一次说谎，爸爸知道后严厉地训斥了她，甚至打了她一巴掌。打完后他又非常后悔，心疼地抚慰她，接着告诫她不要撒谎，不管是对别人，还是对自己，都要诚实。

爸，你也觉得我该结婚了吗？乔美琪推心置腹地问道。

怎么？你不想结吗？你对朱小辉不满意？爸爸眼光闪烁。

他挺好的，没什么大问题，就是偶尔会吵嘴。乔美琪道。

不吵架才不正常呢。爸爸像是在总结他和妈妈的婚姻。他道，小吵怡情，把事情都说开了总比闷在心里强。吵架也是沟通的一种方式，两个人在一起肯定少不了摩擦，哪有几十年如一日都客客气气相敬如宾的？

可是你和我妈……

别参考我们，性格不同，相处模式肯定不一样。爸爸道，我觉得小辉不错，没那么多虚的。既能寄托感情，又是你生活中实实在在的依靠。

他想离开北京。乔美琪想了想，把朱小辉的打算跟爸爸简单说了。

回去也挺好，在爸妈身边，有什么事都能照应着。爸爸道，买房的事你们不用担心，在北京我可能买不起，但唐山我还能帮到你们。

你们的钱还是留着养老吧，我们凑凑估计差不多够了，买不了大的就买小点的。

你哥上学花了不少钱，赞助你一些结婚买房子，他管不着。爸爸道。

嗐，等我们真回去了再说吧。乔美琪道，我才不管我哥怎么想呢！

出院那一天刚好赶上周六，朱小辉正想在高速上试试车技，因此主动提出送乔父回家，乔美琪自然也跟了回去。她坐在副驾驶的位置，时刻注意着路况，生怕出现意外。朱小辉开得倒不错，稳稳当当而又不慢，如同他一贯的做事风格。这天晚上，乔母没有让朱、乔二人分开住，而是拿出四件套，拉着女儿去了卧室更换。撤下之前的床单被罩，乔母道，美琪啊，你要跟他结婚，我也不管了，我和你爸都觉得这孩子不错。乔美琪明白这是因为朱小辉在父亲手术期间的表现赢得了他们的心，便故意道，不再考验考验了？这就合格了？妈妈宽容地说，谈不上考验，以前我是对他们这一类人都有偏见，总盼着你能找一个门当户对的。现在我想通了，这孩子挺仁义的。虽然也有我看不惯的缺点，但无伤大雅，只要你们过得好比什么都强。听你爸说你们打算回来，那就更好了。在老家压力小得多，等你有了孩子我也可以帮着带带。乔美琪道，扯远了啊，我还没想过生孩子呢。妈妈笑道，结了婚就由不得你了。

·14·

在看完乔美琪的辞职邮件后，老板把她叫到了办公室，开门见山地问道，为什么辞职？乔美琪在邮件中其实已经写得比较清楚了。她简要重复道，不想在北京待了，想回唐山。老板不太相信地看着她道，别把上次那件事放心上，再说我也没惩罚你对吧？她诚恳地说，您误会了，跟那件事一点儿关系都没有。我可能要结婚了，回唐山，压力小点儿。老板道，真的？别骗我。如果不满意工资或其他方面，你尽可以提。乔美琪道，没骗您。老板的手指有节奏地敲着桌面道，我替你感到可惜。乔美琪道，没什么可惜的。老板道，你是个人才，到了小城市，估计很难适应。乔美琪心想，您老婆嫁给你以后不也是做了全职主妇吗？名义上是内容总监，其实一周也就来公司两三次。她道，谢谢您这几年的栽培，从您这儿我确实学到了不少东西。真的，我这是心里话。老板道，那行，虽然我觉得你会后悔，但还是要祝福你，希望你以后过得快乐，如果想回来可以随时找我。乔美琪道，好，一定。

按照规定，离职需要提前一个月提出，但真正执行下来，并没有那么严格。提出辞职后，乔美琪又工作了近两周，刚好到七月底走人。同事里已没有几个特别要好的，这可能也是她想离开的一个诱因。临走的前一天，她请了羊羊和另外两个同事吃饭。最后一天，她基本上已没什么事，该交接的都已交接完毕，该告别的人早已告别，只等下班便走人。工作这么多年来，她很少正点下过班，除非国庆或春节长假的前一天晚上。六点到了，大家一如往常般忙碌着，一点儿下班的征兆都没有，会议室里还有人在开会。乔美琪起身，将椅子推进去，把桌上整齐的文件夹摆弄一番，摸了摸那盆薄荷的叶子，这才拎包转身。这时，羊羊跑过来，拉住她的手，跟她道再见，其他同事也纷纷朝她摆手或是行注目礼般注视着她。那一刻她忽然觉得鼻子发酸，眼眶发热，遂赶紧和大家挥手，跑下楼梯，刷卡出了门。在电梯里，她想，如果那天没有遇见朱小辉，也许今天她可能还不会走吧。出写字楼后，乔美琪强忍着没有回头，像是谨记传说中走夜路不能回头的训诫一般，生怕肩头那盏看不见的灯熄灭。可一百多米后，她还是回了头，玻璃幕墙反射着夕照，看上去辉煌、光鲜、虚幻而又迷惑，恰似外行人眼中的职场。尽管带着几分不舍，她一定想不到多年后会重返此地，但此时此刻，她一心一意想要投入另一种未来和生活。

房子退了，很久没用的健身卡转让了，不要的东西让小区里收废品的大爷拿走了。整理完毕后，只剩下两大包东西，刚好装满后备厢。在八月初，一个凉爽的早晨，朱、乔二人驾车出了北京城，直奔唐山。不过一个多小时，两个人便来到了位于路南区的一处小区。几天前，朱小辉在这里租了套两居室，在买到新房之前，他们暂时住在这里。房子还不错，高层，站在客厅的落地窗前能鸟瞰南湖公园，辽阔的水面和一块块西兰花形状的植被让人平心静气。房子早已做过保洁，二人稍微打扫擦拭，简单布置后便出门购买生活必需品，顺便在附近的餐馆吃饭。乔美琪打电话给爸妈，告诉他们已到了新家。妈妈问了几个关于新房子的问题和他们的短期打算。她说，找工作，看房子，还能干什么？妈妈又问她工作有没有眉目，她说还没有。妈妈道，实在不行让你爸给你找人。她忙道，不用，我自己会找。

挂掉电话，朱小辉道，要是你爸有关系，就尽量用。这地方不比北京，工作机会不多。如果你还想干广告新媒体，估计合适的更少，待遇肯定没有以前好，你得有心理准备。

知道，我不想靠父母。乔美琪道。

靠父母也没什么丢人的，多少人想靠还靠不了呢。朱小辉道，趁着你爸还能说上话就赶紧用，以后等他退休了，你想用可没这么容易了。

呵，听这话你想用吗？乔美琪的语气里不经意地流露出一丝鄙夷。

我先找找看，实在不行再跟你爸说。朱小辉道，咱俩初来乍到，人生地不熟的，不管你将来混哪个圈子，关系比什么都重要。

不知是不是错觉，乔美琪觉得朱小辉说话的语气比他在北京时大胆多了，甚至有一点儿忘乎所以。似乎回到了自家地盘，再也不用跟谁装孙子，摇身一变成了大爷。

晚上八点多，乔美琪才发现电动牙刷的充电器找不到了，很可能忘在了北京。朱小辉让她明天再买，因为那个大型超市离他们住的地方有段距离。她道，今晚呢？一点儿电都没了。他道，别刷了，或者用我的。她道，不行，不刷不舒服，我去旁边买个手动的吧。朱小辉嘱咐道，别走远了。她答应一声出了门。

附近有个便利店，还不到九点，一个顾客都没有，店员们已经准备打烊了。乔美琪选了牙刷，结账出门。走在大街上，根本看不见几个人，偶尔路过的公交车里亦空空荡荡，只有几个座位上偶尔出现乘客落寞的影子和苍白的面孔。远近近皆一派灯火阑珊，这城市没有夜生活吗？还是这地方太偏僻了呢？乔美琪思忖着，无端怅惘起来。虽然父母现在住在这里，可她对这座城市几乎没什么感情的认知。小时候她住在大安镇，在那里度过了童年和少女时代，高中在县一中上的。全家搬到唐山时，她已考上大学，只有假期回来时才在家住几天，毕业后又去了北京。其实她根本就算不上在唐山生活过，这里的很多地方她都没去过，感到陌生也在情理之中。可是，这种陌生又不同于求学时初到杭州和求职时到北京的那种感觉。当时的陌生感中有抱负，有对未来的美好向往；如今却只有满满的失落和灰心，仿佛败北而归。

朱小辉却犹如打了鸡血一般，怀着一腔激情，脚下如同踩了滑板似的，每天风风火火，跑东跑西。他暂时没找工作，而是去看房子，手里攥着花花绿绿的楼盘广告，像个推销楼盘的业务员。最初那两天，乔美琪还跟他去看了两次。后来便说要在网上找工作发简历，还要等面试电话，便不再跟他出去。朱小辉却乐此不疲，自己看完还觉得不够，必须跟乔美琪描述一番，再津津有味地研究。他甚至聊到了装修风格，聊到了家具的采买。注视着朱小辉冒汗的鼻尖，几乎湿透的衬衫，闻着他身上散发的建筑工地的气味，乔美琪内心却是看不到出路的茫然和空洞。她对他说的这些几乎没什么兴趣，虽然她也希望有自己的房子，可实现这个理想的过程原来一点儿都不令人愉悦。

另外，她担心的是工作。本市的工作机会并不多，适合的更是少之又少。浏览了几遍招聘网站,她发现除了一般性质的公司职员,剩下的大多是服务行业和各种推销性质的业务员。这些工作她都看不上,心仪的更是找不到。这个城市一共只有师范和理工两所大学,文化产业几近荒芜,学术氛围根本谈不上。大部分人都在做生意、办工厂、开公司,似乎他们根本没有精神需求,谈论最多的话题只有吃穿用度,此外就是网络热点、社会新闻以及明星八卦。衡量一个人的价值时,他们首先注意的不是这个人的谈吐和气质,而是他的资产、赚钱的本事以及是否"风趣"。在他们眼中,风趣指的其实是擅长交际、八面玲珑、低俗搞笑,以及能说上几个二手或 N 手段子。

还做新媒体不行吗?听了乔美琪的抱怨,朱小辉漫不经心地说,找个工作先干着呗,以后遇到好的再跳槽。

新媒体行业她也看了,大多数只是传统型的公司因为发展需要而增加了这一块业务,还有一些则是从传统广告公司转了型。这些公司以前她接触过,经营理念和方式与真正的新媒体行业并不一样。在这些公司,她担心自己的创意得不到尊重,本领无法施展,只沦为干活机器。乔美琪给朱小辉详细分析了一番当前的就业形势,后者道,你不能拿唐山和北京比。我知道你有心理落差,一开始可能接受不了。但我们既然决定回来生活,就得适应这里的环境。面对现实这个道理还需要我多说吗?工作嘛,本来就是个谋生手段,别把它看得太高尚。

乔美琪皱着眉头不说话,朱小辉又道,反正以后生了小孩你肯定得辞职,别太挑了。

我可没想过那么早生孩子。乔美琪道,就算生了孩子我也不想当全职主妇,我喜欢工作。

孩子还是早生好,再说也算不上早。朱小辉道,如果你以后还要工作,那更要早生。这样你就能趁着年轻重回职场,否则年纪大了工作也不好找。

听你这话怎么跟父母的想法一个样?你就不能有点儿自己的主见?

这就是我的想法。朱小辉道,有些事既然躲不过去,还是早办了好。比如买房,越早买越好,结婚生孩子也是这个道理。生活就得按部就班、步步为营,怎么能随心所欲呢?

乔美琪不说话,她心想生活如果不能随心所欲那还有什么意思呢?

见乔美琪发呆,朱小辉以为她被说服了,便接着道,别担心,以后你没工作,我养你。朱小辉这话是以自豪的心态说的,在他看来一个男人就该担起养家的责任,同时这也是对她的一种承诺,几乎有点儿邀功的成分。可听在乔美琪耳朵里却不是味儿,仿佛她成了需要男人养、没有其他本事只会相夫教子的家庭主妇。于是她道,你的工作都没影儿呢,说什么大话?别把我当成只会在家带孩子的女人。朱小辉道，带孩子怎么了？家庭主妇也很厉害，并非人人都能胜任，我觉得比上班还要难。她们为老公为孩子为家庭牺牲了很多，非常值得敬佩。你放心吧，工作的事我早就考虑过了，等有眉目了再告诉你。

乔美琪愣愣地看着朱小辉，像是不太相信眼前这个人是她认识的朱小辉，好像他变成了别的朱小辉，以前被感情遮蔽的东西渐渐露出了本色。也许这才是真的他，并且这些本色是有出处的，它们来自朱小辉的家庭，来自他从小长大的那种环境。这让她不由得想起了去年春节时去他家的所见所闻。

想什么呢？朱小辉问走神的乔美琪。

她支吾了一声道，我在想，咱们买二手房吧。不用等太久，省了不少事，只要重新装修再置办家具就行了。再说，二手的也有毛坯的或是没住过人的。你觉得呢？

我看过两处，都不太满意，只要房子好倒没问题。他道，下次碰见合适的一块儿去看。

好。乔美琪就坡下驴，不再纠结朱小辉的成长背景。

·15·

半个多月后，俩人相中了一套房子，也在路南区，与现在租住的地方距离不远。前两年才竣工的楼盘，小区环境不错。虽然那些移栽的树木粗壮高大，但明显扎根不深，叶片又黄又小，仿佛水土不服。这套三室两厅的建筑面积约为一百二十平方米，地段、楼层、视野和采光都不错。房主买了以后就没住过，只刷了白，各种款项全算下来一百万出头。两人先交了定金，之后又和各自的家人商量各出多少钱合适。

朱父听儿子说房产本上要写两个人的名字，便道，各出一半，你多出两三万或是五六万也可以，不能因为你有那八十万就让你多出。她爸妈当了一辈子老师，不可能没存款。朱母附和道，你爸说得没错，既然写你们俩的名字，就应该各出一半。朱父道，感情归感情，小钱没必要计较，大钱上还是要明算账，公平公正，谁都不吃亏。将来，万一你们俩过不到一块儿，财产上也好弄。朱小辉道，既然打算结婚了，那肯定要过一辈子，我多花点儿也没什么，之前我是想着把这八十万都花在房子上。朱母道，那可不行，不能把积蓄全搭上，总得留点儿钱过日子吧。朱父道，你要这样想，那剩下的钱我给你出，到时候只写你一个人的名儿。最好再做个婚前财产公证，省得以后出了事儿麻烦。朱小辉问，您还知道财产公证？朱母道，你爸都是看电视学的。朱小辉说，不用，那多伤感情。就算以后真离婚，分给她财产也是应该的。买卖不成仁义在，毕竟生活了那么多年，那么计较没意思。朱母叹道，傻孩子。朱父道，那你先别表明态度，看看他们那边怎么说，这总行吧？

我爸妈说咱俩家各出一半，不让你花那么多。那天晚上，乔美琪和朱小辉说。

听乔美琪这么说，朱小辉感到欣慰，不仅因为能够给爸妈一个满意的交代，还在于他能省下钱来办自己的大事——他不想再上班，他要办厂子做生意。之所以一直没告诉乔美琪，是因为还在考察阶段，尚不成熟。他要等事情有了眉目再告诉她，这就是他之前想卖的那个关子。于是他道，我多出点儿也应该，再说，你爸妈身体都不好，不能把钱都花了。

放心吧，养老钱早备下了，不缺这点儿。乔美琪轻描淡写。

也是，除了存款，还有退休金，生病了还有医保。朱小辉叹道，当老师可真好，你看我爸妈除了自己赚的那点儿辛苦钱什么都没有。连病都不敢生，有病了也拖着不去医院。

那可不行，生病了就得早点儿去医院看，不然小病也可能拖成大病。

嗐，谁不想活着？没有哪个人死得心甘情愿，觉得自己活够本儿了。朱小辉道，还不是因为怕花钱，或者根本就没钱。当初我爷爷得了白血病，如果一直服用格列卫很大概率能多活十年。可那药贵得要死，一年就得十多万。虽然他有六个儿女，但除了我大伯是个工人，其他家都是农民，都没那个经济条件。他也想活着，但更怕拖累儿女，只能眼睁睁等死。

叹气声让他看上去有一种和年龄不相称的老态，乔美琪知道他很难过，却说不出一句安慰的话。她没吃过没钱的苦，没有体会过那种山穷水尽的绝望，只得握住他的手。

房款的事最终定了下来，毕竟朱小辉有"横财"，他自己出了四十万，乔美琪象征性地出了十万，双方父母各出了三十万，多出来的房款用作装修费或置办家具。双方的父母也因此进行了第一次正式会晤，在一家有些档次的饭店共进午餐，饭后又到南湖公园走走，聊了聊。在热烈友好的氛围中，双方就房款、婚礼等事宜初步达成了共识。几位家长认为两位年轻人是真心相爱，不同于相亲结识的，于是尊重他们的意见，不搞彩礼嫁妆这一套，但婚礼自然要办，而且要办得有模有样。考虑到双方的多数亲戚都住在县城或乡下，便将地点定在县城的某酒店，时间则在十月份，届时天气不冷不热，适合穿婚纱。会面结束后，朱小辉的父母下午四点多便乘坐班车往回赶，因为惦记着家里的小店和各种杂事。

九月初的一个周末，朱、乔二人回了一趟朱小辉的老家，参加朱小彤女儿的满月酒。一个月前，朱小彤剖腹产生了一个女婴。据说本来想顺产，但胎位不正，只能选择剖腹产，产后又休养了一周才出院。住院期间，大哥和准大嫂本打算去看望，但朱小彤说医院根本没地方待，来一会儿就得走，让他们等到满月酒再来，她想让他们多待一会儿。

恰逢周六，已经找到工作的乔美琪用不着请假，一大早便和朱小辉驱车赶往临溪镇。乔美琪挑来拣去，权衡一番，最终还是去了一家新媒体运营公司做活动和文案策划。和以前的公司性质差不多，只不过面对的企业规模不大，多是本地或本省的。朱小辉其实不太愿意让她去为第三方服务的公司，他奚落道，难道你做乙方还没做够？他更中意另外一家珠宝销售公司的公众号文案专员。他说，写写文案，搞搞营销活动多简单；再者，人家肯定有钱发你工资，而不是靠你去创收。而乔美琪不想一直为一个行业开动脑筋，况且，那种小打小闹肯定没意思，还要受制于人，时间长了就会养成惰性，她喜欢挑战。

朱小彤和张轩已住进在县城买的楼房，但考虑到亲戚们多在乡下，最终还是把满月酒放在了镇上办，就在朱家。张轩和朱小彤之前住的大瓦房已售出，而张轩父母家有点儿小，不适合大排场。总共坐了十六桌，在庭院里临时搭了帐篷和灶台。朱、乔二人到达时，庭院里已是烟熏火燎、香气四溢、人头攒动。两人穿过人群径直来到房间，里面人不多，多是朱小彤和张轩的至亲。婴儿躺在炕上，穿着小背心，兜了纸尿裤。乌黑濡湿的眼睛里闪烁着好奇和一丝惊恐，小手虚攥着拳头，不断摇摆，像是束手就擒的小兽在祈求最后一线生机。可她不知道，她已来到人世，不可能再回去。朱小彤比春节时胖了不少，红通通的脸，额头和脖颈处能看到不少痱子，宽松的T恤里凸显出乳头的轮廓，周围似乎有一圈淡淡的奶渍。

乔美琪拿出红包和纯银的麒麟锁项链以及一副手镯，朱小彤在婴儿的脖子和手腕上比画一番，握住女儿的小手轻轻晃着道，谢谢妗儿。不知为何，婴儿突然哇哇大哭，朱小彤只得将她抱在怀中，哄了片刻，还是不管用。朱母道，准是饿了，喂喂她。朱小彤道，刚吃过奶，又饿？虽然这么说，还是侧过身，撩起衣衫，将紫色的奶头送进了婴儿嘴里。婴儿暂时停止哭泣，使劲儿嘬起了奶。吃了几口后，她吐出奶头，接着哭。朱小彤放下衣衫，朱母接过孩子哄着，朱小彤的婆婆在一旁逗弄着，可还是不太管用。婴儿尖利的嗓音，让乔美琪心里一阵厌烦，她刚想离开时，婴儿一阵干哕，随即吐了奶，弄得朱母胸口和胳膊上黏糊糊湿答答的。乔美琪一阵恶心，在众人的忙乱中出了门，来到后院大口呼吸着新鲜空气才不至于呕吐。

后院空间小，一片阴凉，一个人都没有。前院摆了很多桌子，土狗小黑暂时被拴在后院，见到乔美琪，它没有汪汪叫，而是摇起尾巴。乔美琪马上到厨房找到一块火腿，扔给它。小黑吃完后，对她谄媚地摇头晃尾。她摸了摸它的脑门，心想，狗比婴儿好玩多了。朱小彤不知何时也出来了，见此情景，便道，这么喜欢，以后你也养一只呗。乔美琪笑道，我也正有此意，就是还没想好养什么品种。

朱小彤道，小的可爱，别养大的。她边说边关上后门，随手抄起一只矮凳坐下，对乔美琪道，你也坐。乔美琪坐在了那张较高的凳子上，只见朱小彤从短裤兜里摸出一支烟和一个打火机，点着了，贪婪地吸着。乔美琪感到些许震惊，脱口道，我都不知道你会抽烟。朱小彤狠狠地吸了两口，慢悠悠地吐出烟雾，道，以前也不会，更没抽过，就怀着闺女的时候特别想，想得心痒痒。有一次趁张轩不在，偷偷抽的，没想到会上瘾，抽一支暂时就不会心烦了。乔美琪道，可是对小孩不好吧？她还在吃奶。朱小彤道，那肯定，所以我能忍就忍，实在忍不住了才会偷偷抽几口。她仰视着围墙和屋檐之间狭长的一线蓝天道，不知道怎么回事，我这次一点儿都感觉不到对这个孩子的爱，想的尽是她对我的生活造成的影响。第一次怀孕和生产时的那种激动、兴奋、自豪甚至连害怕都没有。乔美琪担心道，是不是产后抑郁？朱小彤道，没那么严重，只是一想到要养两个孩子，每个月还贷款，还有欠你们的钱，就发愁。乔美琪道，我们不急，房贷不多吧？朱小彤道，三千多块对你和我哥来说可能不算多，但我和张轩的工资都不高，现在每个月省吃俭用还剩不下钱。这样下去肯定不是办法，如果不趁着年轻多赚点，岁数大了赚钱的路子更窄。乔美琪虽不能感同身受，但也觉得小姑子说的有道理。朱小彤又道，我劝张轩去城里打工，可他不愿意，说他之前在天津混过两三年，根本没赚到钱。他觉得在老家更自由，够吃够过就行了，没必要总想着赚大钱。乔美琪不知该如何安慰她，好在朱小彤只是发发牢骚，她将烟头扔在地上，抬脚碾了碾道，咱们回屋吧。

下午返城时，乔美琪和朱小辉说起朱小彤的状态。听她提到产后抑郁症时，朱小辉不屑地说，矫情！又不是第一胎，况且我妈和她婆婆轮流帮她带孩子，她只管喂喂奶，还有什么可抑郁的？乔美琪不满道，嘿，看你这话说得，就好像她故意抑郁找碴儿似的。朱小辉道，大部分心理疾病可不就是闲出来的，要是忙得脚不沾地，就没时间胡思乱想了。我妈生我的前一天还在地里干活呢，我奶奶生了六个孩子，一次月子都没坐过，也没听说过她们抑郁。乔美琪道，你怎么知道她们没抑郁？那只是挺过来了，当时有多难熬，恐怕连她们自己也没意识到。朱小辉道，也许，别管她了。放心吧，谁还没个情绪低落的时候，她自己会调整的。他这种漠不关心的态度让乔美琪不悦。她想了想道，如果我生了孩子以后抑郁了怎么办？朱小辉先是一愣，随后笑道，你不会的，咱俩感情又没问题。就算我妈帮不了带孩子，我们请月嫂也可以，反正不能让你受累。乔美琪听出了话外音，问，难道你妹和张轩有问题？

也不算大问题，过去的事了。朱小辉说完这句，又过了半晌才回忆道，我妹那时候年轻不懂事，自己谈了一个男朋友。水泥厂的打工仔，好像是山西那边的。俩人情投意合，爱得死去活来。但我爸不同意，百般阻挠，甚至跟我妹说过"断绝关系"的话。最后还是我妹屈服了，那小子好像回老家了，后来经人介绍，我妹才认识了张轩。乔美琪问，你爸为什么不同意？朱小辉道，一是嫌他家远，不知根底，怕我妹结了婚跟他回老家，受了委屈也不知道；二是那小子性子太浮躁，我爸觉得不靠谱，他喜欢踏实的。乔美琪哼了一声道，又不是你爸找对象，管得真宽。朱小辉道，还不是为了我妹好，现在不挺好的吗？张轩也不错，离家又近，有什么事都能照应。乔美琪道，不过我听你妹话里的意思，她觉得张轩有点儿不求上进。朱小辉道，她也该知足了，男人有钱了多半会变坏，尤其是小地方的。反正据我所知，有钱之后没有不找小三或是离婚的。没钱有没钱的好处，至少能过稳定日子。乔美琪道，也没让他一定成为土豪。一个男人结了婚就得承担起养家的责任，否则女的嫁给你图什么呢？自己赚钱养自己也够了，为什么要多伺候一个男的，还有公婆，还给你生儿育女，自己还上着班，那还不如一个人过呢！朱小辉不爱听道，你这么说就不对了。俩人既然决定在一起，就不要计较那么多，她爱他自然就会甘心为他付出。乔美琪问，那他爱她吗？他为什么就不付出？朱小辉道，付出肯定是相互的。乔美琪没再说什么，低头看起了手机。

·16·

在罗勒的朋友圈里，乔美琪看见她发了许多狗狗的照片，内容是求领养。这些狗狗多是被主人抛弃的流浪狗，其中有一只白色的，长得很像狐狸，非常俊美。她便问罗勒如何领养。罗勒告诉她很简单，只要签订一份协议，然后就可以亲自带狗狗回家，也可以运送过去，但要自己花运费。她还说这些狗已经体检过，打了疫苗，驱过虫了，只需正常喂养即可。如果有什么问题尽可以找她。乔美琪不想为了一只狗再去北京折腾一趟，同时也觉得领养比购买更有意义，便决定让罗勒送货上门。罗勒问她看中了哪只，她问那只白色的是什么品种。罗勒道，你还真有眼光，这是银狐，挺纯的。也就两个多月大，越小越容易培养感情。是只小公狗，等它长大你再考虑做不做绝育就行。乔美琪谢过罗勒，又留了地址，聊了几句闲话。得知罗勒过得还不错，已经怀孕一个多月。乔美琪祝福她，对方说，本来我不想要的，我老公和前妻有孩子。但他很想要，那就生吧。乔美琪道，他有和你又没关系，既然有了就生呗。罗勒道，嗯，我也是这么想的，顺其自然，不想打掉。

拿到钥匙那天晚上，朱小辉拉上乔美琪迫不及待地去了新房。站在空荡荡的客厅中间，朱小辉神采奕奕地对乔美琪滔滔不绝地说着他的装修构想,描画着幸福生活的蓝图。他站在落地窗前,大有睥睨天下指点江山的架势。终于演讲完毕,他看见乔美琪在角落里,没事儿人似的站着,便问,哎,给点儿意见啊。她尽量诚恳地说,挺好的,我没意见。朱小辉觉察到她的心不在焉,指着阳台道,那你说,刚才我说的往这里放什么?乔美琪实在不记得,她忽然想到了狗,便道,狗笼子。朱小辉道,你说什么?我啥时候说要养狗了。乔美琪道,后天就该送到了,我在罗勒那儿领养了一只。他些微愠怒道,你怎么不提前跟我商量?乔美琪道,你不想让我养?他道,那倒没有,不过你得提前跟我说吧,怎么一个人就做了主。乔美琪道,这点儿自由我还是有的吧。她的语气让他意识到她其实说的不只是狗,遂沉吟道,我发现你自从回到老家就有点儿不对劲,对什么事都提不起精神,你到底怎么了?

没事儿,可能新工作有点儿不适应。乔美琪敷衍着。

朱小辉走到她跟前,两只手放在她的肩上,注视着她躲闪的目光道,你不想结婚了吗?

没有的事。垂着头的乔美琪马上抬头迎着他的目光,矢口否认,看你想哪儿去了。

你是不是婚前恐惧症啊?朱小辉问。

有可能。乔美琪顺水推舟。

没关系,我以前也有点儿恐惧。可咱俩同居那么久了,也没出什么大问题，那就说明合适，说明咱俩感情基础好。只要俩人感情好，别的都不是问题。生活中的麻烦来一个解决一个呗，你不愿意解决的我一个人去对付。但需要咱俩共同面对的，你就不能逃避了。你说是不是？说到后来，朱小辉的语气软软的，听起来很动感情。

嗯，你说得对。乔美琪不得不表个态，接着尽量做出推心置腹的口吻道，装修这些我外行，怎么弄都行，真的。我虽然也有想法，也有主意，但我这人耳根子又特别软，尤其容易被喜欢的人说服。除非涉及原则性的大问题，鸡毛蒜皮的小事都听你的，我真的没意见。

朱小辉放了心，嘿嘿笑道，我就喜欢你这种嫁鸡随鸡嫁狗随狗的态度。

两天后，小狗被送到了，与狗一起送来的还有笼子、狗绳、食盆和两袋狗粮以及一册如何养狗的小贴士。乔美琪想，罗勒还真是周到。朱小辉见到小狗，也觉得挺好玩，心想让她先照顾一下也不错，就当是为了养小孩先来演练一番吧。乔美琪给小狗起了名字，叫"娃娃"，问朱小辉，需要给娃娃办狗证吗？朱小辉道，以后有人让咱们办再办，没人管的话就先养着，等新房装修好了咱们就搬走了。

此后，乔美琪的业余时间算是有事可做了，早起先去遛狗，回来再洗漱，晚上下班到家第一件事也是遛狗。有时朱小辉在家也会由他代劳，但这样的情况并不多。虽然朱小辉暂时没有工作，可他比按时上下班的还要忙，主要忙两件大事——装修和生意。装修即使没必要时刻盯着，但每天也得上楼看几次，检查装修材料、装修进度和质量，以防偷工减料或出现其他不称心的需要返工的细节。

项目已有了眉目，他时不时就要和合作伙伴见面，商讨敲定一些事宜，还要到实地进行考察。刚回到唐山时，他想办一个饲料加工厂，主要是牛羊猪以及鸡鸭鹅等家畜家禽的饲料。但经过考察分析，发现可行性不大。因为非洲猪瘟，本地养猪业受到严重影响。百分之八十的养猪场都关了门，农村的猪圈几乎全部闲置着，而本地的牛羊养殖业规模很小。况且，饲料加工行业接近饱和，发展空间和利润皆有限，考量一番，他选择放弃。后来在一次小型聚会上，他遇见了高中时期同校不同班的一个名叫梅雪松的同学，闲聊中得知他有个项目亟待开发和股东加盟。于是详细深入地了解，又进行了多次考察，如今朱小辉已基本确定入股。

梅雪松的老家在唐水镇，如今住在唐山，已结婚，有两个孩子。高中时，两个人并不认识，只看过对方的姓名。毕业后，梅雪松就没再上学，到他伯父的小超市帮忙，主要负责进货。一开始，生意越来越好。近年来，受到大型超市和电商冲击，生意大不如前，甚至开始赔本。于是伯父转了店面，干脆回家养老，并开了一爿烟酒小店。梅雪松这些年赚的钱买房后没剩下多少，每个月还要还房贷，他不想坐以待毙，遂寻找商机。一次偶然的机会，他在县志上读到老家唐水镇的历史，发现了一个契机。县志上称，唐水镇西北方曾有一座海拔不到五十米的矮山，山上曾建有小巧玲珑的陀龙寺，寺内外古树参天，景色秀丽。山下曾有数道泉水涌出，因"其水甚清，其泥如靛，映水皆蓝色"，遂称之为蓝泉。蓝水南流，成为一条河，经彩亭桥、渠河头汇入兰泉河。新中国成立后，山上的古寺被拆除，古树也被砍伐一空。泉水从二十世纪八十年代起逐渐干涸。现在，陀头山已经土化，只剩下一个不太明显的土坡，一个不太深的洼坑，但此处却是本县八景之一"唐水涌蓝"的遗址。

这段文字启发了梅雪松，给了他灵感，让他记起了以前曾有过的设想，那就是办一家纯净水生产企业。在负责超市的进货工作时，他便发现纯净水的利润比任何产品的利润都要大，主要成本除了技术设备、人工和场地，几乎再也没有了。这些投入基本是一次性的，最快在一年内就能收回成本。且规模可大可小，既能办上千万的大企业，也能从一百万左右的小企业做起。另外，最重要的一点在于本地虽然有各种饮料厂，但多为果汁或碳酸饮料，并没有做矿泉水和纯净水的。本地的纯水产品多来自外地企业，算上运输成本，价格自然较高。比如农夫山泉等名牌，每瓶最低也要两块五，和一些果汁的价格相当，因此有些人宁愿喝果汁也不买水。但实际上，真正解渴的只有纯净水。如果能把价格降下来，市场空间非常值得期待。在和朱小辉聊天的过程中，得知对方暂时在待业，且有创业的想法，梅雪松便将设想和盘托出。朱小辉对此很感兴趣，并且从言谈之间发现梅雪松是个踏实、忠厚且很有想法的人，值得合作。于是俩人一拍即合，很快对设备、场地和未来的营销模式等进行了实地考察和深入讨论，为企业的创办做好了各项准备工作，只待时机成熟便开始项目。

这天晚上，朱小辉从"唐水涌蓝"的遗址回到家中时，乔美琪正靠在沙发上看美剧，娃娃则卧在她身边。他放下包道，你俩还真惬意。乔美琪看了他一眼，继续盯着字幕，她有看美剧学英文的习惯。朱小辉洗了一个澡，裹着浴巾出来后，站在卫生间门口道，给我浴袍。她到卧室拿了一件扔给他。他不耐烦道，这件扎肉，我不是跟你说过吗？她脸上闪过一丝歉意，拿来另一件，扔的时候劲儿小了，半路掉在了地上。她只好又往前走两步，拾起来，递给他。他没好气道，你能不能对我的事上点儿心，看美剧有那么重要？她反问，怎么不重要？他道，你现在的客户根本没外企吧？你还学它干吗？她道，照你这么说，我就像你一样堕落下去呗！他道，我怎么堕落了？你知道我干吗去了吗？乔美琪按了暂停道，你能不能别没事儿找事儿，就你累了一天，难道我闲着了？我没关心过你吗？是你自己不说。

娃娃从沙发上站起来，朝朱小辉投来警惕的目光，好像怕他要伤害乔美琪似的。朱小辉自知刚才造次了，讪讪地去刷了牙，然后又把浴室和弄湿的地面擦干净，这才坐到乔美琪旁边，搂住她道，对不起，我忙得晕乎了，我以为你知道我最近在忙什么。乔美琪并不计较，只问，忙什么？朱小辉便把创业思路和她简单讲了一遍。她问，可靠吗？能赚钱吗？他道，可靠是可靠的，赚钱这个谁也不敢打包票，只有做了才知道。做生意不都是摸着石头过河吗？你觉得怎样？说实话。乔美琪道，说实话，我希望你找个工作干，安定又省心，钱少点儿就少点儿呗。说着，她话锋一转道，不过呢，我也想你赚大钱，我想成为千万富翁的老婆。总之，你开心就好。如果你铁了心办厂子，我会无条件支持你。朱小辉道，老婆真好！你就等着当富婆吧！她笑道，好，我等着！接着，俩人就办厂子的事又展开了讨论和畅想，不时美滋滋地笑着，仿佛中了彩票头奖似的。

·17·

朱、乔二人的婚礼在国庆当天如期举行。各路亲朋好友差不多都来了，朱小辉那位在东北盘锦市安家的大伯本来也要参加，车票都买了，但临时有要事没能成行，不得不将车票退掉，说好过段时间再来。他来不来对乔美琪而言无关紧要，她甚至都不在乎她那边的亲戚能来多少，反正她和他们普遍比较疏远。她真正在乎的除了爸妈，就是以前在北京的那几个好朋友。没想到的是，罗勒、羊羊以及不久前才通过托福考试的小闰都来了。怕出京的路太堵，早晨不到六点，三个人便出发了。罗勒开车，八点多顺利到达酒店。当时，乔美琪正在婚车上，半个多小时后才抵达。见到三个好朋友，乔美琪竟有几分感动，仿佛出嫁多年的新媳妇终于见到了娘家人。好几个月不见，每个人多少都有些变化，起初甚至微微有些陌生和拘束。但一番简短的叙旧后，曾经的熟悉和融洽便自然而然地滋生并迅速将他们包围，不管是谁都能看出这几个人是一个不容他人靠近和插入的小团体。可在谈话中，乔美琪发现自己在当下热点、流行词汇的把握，以及表情达意的准确度和形象化等方面落了一大截，这让她心中不免有了微小的挫败感。可转念一想，凡事有得必有失，失去了站在流行前沿的优越感，却得到了婚姻和朱小辉。哪个轻哪个重她当然拎得清，何必为了那种不必要的虚荣而扰了好心情呢？可结婚这个时刻对女人而言，无论多幸福多快乐也会伴着些微伤感和遗憾的，毕竟这等于连青春的尾巴都没了，笑着笑着，眼里不由得就会带了泪花。

婚礼过后，尘埃落定。新房装修完成后开窗通风了两个多月，而后朱小辉搬进几盆绿植，一周后依然鲜活，又买了甲醛检测盒进行测试才确定可以入住。随后两人去了家居市场挑选家居用品，家电和各种小物件则通过电商渠道订购。

待到生活必需品各就各位后,他们退掉租的房子,搬进了自己的家。尽管很折腾,乔美琪还是开心的。即使有些东西不是按照她的喜好选择的,她也只是当时郁闷了片刻,随后便不再计较,甚至觉得卡通图案的床单铺上去的效果也不错。那是朱小辉喜欢的,他觉得可爱。依她只想要纯色的,尤其是灰蓝色系的,看上去高大上。可他觉得那是性冷淡风,他热情似火,不符合他的气质。她心想按照他的逻辑,那他岂不是个没长大的孩子?也许男人还真是长不大的孩子。

入住后的第一个清晨,乔美琪醒来,站在十九层的高度,拉开客厅的窗帘,落地窗像一道透明的峭壁,外面的市景尽收眼底,像一眼就能望到头的日子。她也曾梦想过有自己的房子,却不是在这个地方,窗外的景色不该是这样。就算不能看到中国尊、盘古大厦、故宫、颐和园等,能看到望京SOHO,遥望国贸CBD,也不错啊。乔美琪无声地叹了叹,转身,进了厨房。厨房没什么可吃的,乔美琪牵着娃娃下楼,遛了一圈,顺带买了早餐。回来时,朱小辉还没起床,他昨晚回来得很晚——不只昨晚,而是最近一直都很忙。纯净水厂经过一段时间的筹备,终于正式投入生产,需要他跑前跑后的事情比之前还多。乔美琪换衣服时,他含糊不清地跟她说了一句拜拜,眼都没睁。她道,你多睡会儿吧。随后出了门,再有一个多月,她就能拿到驾照。爸爸舍不得让她挤公交,说会给她买辆车。其实和北京的公交比起来，根本不算挤，大多数情况下都能捞到座位，即使堵车，半小时也到了。但爸爸坚持要买给她，说不只是上班开，不管去哪里都方便，毕竟他们家那辆宝马基本都是朱小辉在开。

新公司各个部门全算在内，也没超过三十人，是个名副其实的小公司。打卡后，乔美琪端着一杯咖啡坐进了工位。业务部的人刚来两三个，坐在角落里的牛姐端着保温杯到饮水机旁接热水，对乔美琪道，这回你也加入我们的行列了吧！她的语气里有一种幸灾乐祸，乍听之下，乔美琪没反应过来，片刻之后才悟到对方指的是她已婚的事实——公司里的同事几乎没有单身的，就连比乔美琪小了三四岁的，无论男女也都结了婚。这一度使得未婚的她成为众人谈论的焦点，而牛姐仗着资历老，且是过来人，总是探寻隐私似的追问她一些不想对人说的事。牛姐双手攥着不锈钢杯子，意味深长地望着乔美琪。乔美琪笑笑，没说什么。

哎，在北京写字楼里的白领是不是早上都喝咖啡啊？牛姐干脆站到乔美琪旁边，接着道。乔美琪听出了对方口吻中的酸味，这女人自从乔美琪入职便对她怀有敌意，就好像乔美琪动了她的"奶酪"似的。实际上牛姐根本没什么资本，不过是仗着资历老混日子而已。她的业务能力非常一般，放在北京的职场只能被淘汰。乔美琪道，是啊，大家都爱喝咖啡。牛姐道，那可不行，老喝这玩意对胃不好，你也要注意，不然不容易怀孕。乔美琪道，我还没想生孩子呢。牛姐道，结了婚离生孩子还会远吗？你可别告诉我要搞丁克，我认识好几个人，一开始也都搞特殊化，不想要孩子。可两个大人整天搅在一块有啥意思？总会厌烦的。结果不是离婚就是年纪大了才生，高龄产妇可不好啊！我这是为你好，才跟你说，别的人我还懒得告诉呢。乔美琪不无讽刺地说，谢谢啊，您还真是热心。说完，她起身去了卫生间。

进公司好几个月了，乔美琪依然不能适应领导、同事、工作方式、节奏、氛围等，简直一切都不适应。当然，她一直在拿之前的职场生活和这里做对比，致使她始终不能接受现实进入状态。因为打心眼里，她是拒绝的。老板和他老婆共同经营这家公司，老婆管财务，剩下的都由老板说了算。乔美琪用她的专业眼光观察了一段时间，便掂量出了老板几斤几两。他所有的能耐不过是施压和压榨，完不成业务扣基本工资，完成了给提成；五险一金只给上三险，据说以前什么都不给上；至于加班费、饭补、出差补助之类的更没有。总之，非常不正规。在这种情况下，员工也只是混日子，实在混不下去了便走人。另外，业务模式也存在很大问题。在老板看来，每个人都是业务员，都得拉广告。拉来了就是好员工，拉不来就等于没本事，根本不懂得尊重每个人的特点和长处。休息时间，那些人聊的无非是老婆、老公、孩子、国内烂俗影视剧以及时事热点和娱乐圈的新闻旧闻。乔美琪根本插不上话,当然,她也不屑于插话。她从没想过要和他们打成一片,她时刻保持着警惕,以防被同化。

拉业务的主要手段就是给市内的各种公司打电话进行自我推销,靠的是语言技巧和甜美的音色。这种方式在乔美琪看来早已过时,而且她并不擅长。但每天的电话量是有规定的,打不够会扣工资,所以只好硬着头皮打,尽管十有八九会被挂掉。这天上午她总共打了二十五个电话,只有七八家没有直接挂电话,听她介绍了业务概况。其中有两三家表示了兴趣,加了她的微信。有一家名叫润兴绿色有限公司的主管尤其主动,加了微信后便和她聊天,先问了公司的情况,接着又问她的一些个人情况,后来提出有时间和她面谈。这样的客户确实有,但不多,有些也确实有合作意向,更多的则是想看看乔美琪长什么样。乔美琪担心这个主管就是因为她的声音想看她的样子,但又没有充足的论据证明这一猜想。她不想因此而失去一个单子,于是答应找时间和对方见面。对方道,择日不如撞日,那就今晚吧。乔美琪回,今晚?对方问,没时间吗?她道,有。对方道,那就好,等我定好饭店再告诉你。本着对工作负责的态度,她只得答应,随后收到了饭馆的名字和位置。

乔美琪告诉对方自己五点半下班,六点多大概能到那家私房菜馆。五点多时,对方给她发来微信,说他正好在她的公司附近,不如接上她一起过去。乔美琪心想,这人多半不是谈合作，如此更像是撩妹的套路。可箭在弦上，她已没有回头的可能，于是收到了对方的停车位置和车牌号。时间到了后，她故意磨蹭了一会儿才打卡，然后下楼，找到了那辆车，是一辆灰蓝色的奔驰。唐山大街上各种豪车的数量和档次早已驰名全国，自从回了老家后，乔美琪确实见识过不少，因此区区一辆奔驰并不让她感到意外。让她意外的是车里坐着的那个人。刚钻进去时，她还没在意，直到对方回过头对她道，乔美琪，还认得我吗？她这才细看，原来是周凌，就是妈妈曾经跟她提过的那个高中同学。她道，周凌！怎么是你？周凌道，想不到吧？她道，真没想到，声音我都没听出来。他道，我接到你的电话时觉得耳熟，后来问你贵姓，便能确定了。所以才加微信，请你出来吃吃饭叙叙旧，怎么样？没耽误你工作吧。她道，没有，我已经下班了。他道，那咱们先去饭馆，边吃边聊。

高中时，两人同校不同班。乔美琪对周凌并不陌生，因为在学校时他一直是活跃分子，热衷社团活动，经常在校刊上发表文章，主持一些庆典或联欢活动，作为学生代表发过言。很多女生都知道他，甚至暗恋或崇拜他。乔美琪曾是学校的广播员，朗读过他的几篇文章，文风皆为青春热血年少轻狂类的。当时，她就听说过他爸开公司，买卖做得很大，家里很有钱。尽管周凌确实也有真才实干，但当时的乔美琪对家里有钱有势的同学抱有成见，一律敬而远之。尤其是看到其他女生趋之若鹜的样子时更加反感，便刻意疏远周凌，避免和他发生交集，引起不必要的误会。现在想来，自己当年的做法倒有些矫情，所幸早已时过境迁，可让她没想到的是周凌竟然还记得。一路叙旧，待聊进饭店的包厢后，他便道，当初，我还约过你，你都给拒绝了。乔美琪讪笑着，假装不记得道，哪有？你肯定记错了，不是我吧。周凌道，不会记错，因为你是高中时唯一拒绝过我的女孩。乔美琪笑道，看来你约的不少啊。周凌叹道，年轻嘛，不懂事，闹着玩的。乔美琪转移话题道，你后来出国了？周凌道，嗯，去了新西兰留了几年学，边上学边打工，在那边的农场。回国后我也在郊区承包了一块地，开了农场。乔美琪道，是吗？都种什么？周凌道，回头带你去看看。刚开始做，估计还要一两年才能把我的设想逐步实现，我是想把它打造成一个完整的生态体系。宣传方面还没做，但肯定要做的。麻烦你和你的团队先帮我想着如何做好微博和公众号，就算先预付一部分款项也没问题。他那意气风发的样子让乔美琪依稀看到了他学生时代的模样，心想反正你老子有的是钱，你就可劲折腾呗，赔了也不心疼，嘴里却道，好啊。

· 18 ·

十二月中旬的一个周六，朱、乔二人各开一辆车前往临溪镇，为的是看望朱小辉那位在东北安家的大伯。前几天，大伯回了老家，爸爸打电话，让朱小辉带着媳妇抽时间回来一趟。乔美琪不太想去，周末她懒得出门，只想宅在家看看电影，逗逗娃娃，自由自在地过两天。但朱小辉说，大伯大老远来了，为的就是看看我媳妇，你不去可说不过去。乔美琪道，你大伯又不是我大伯，你一个人代表我去就够了。朱小辉恳切道，去吧，第一次肯定要见，以后他们再来，你就不用回了。我爸说大伯给咱们包了三千块的大红包呢。乔美琪道，你又不是没见过钱，至于这么上赶着吗？朱小辉严肃道，不是钱的问题，我发现你们家的人对亲情特淡漠。这一点可不好，亲人到什么时候都比外人强。乔美琪道，那可不一定，很多时候亲人比外人更加势利眼，恨你有笑你无。只要你过得比他们好，哪怕他们得不到好处也高看你一眼；反过来你要是过得不好，他们才懒得搭理你。归根结底，还是把自己的日子过好了最重要。朱小辉道，我们家的亲戚不这样，很团结，有事都会互相帮忙，才不会看热闹。乔美琪没说话，他继续道，既然你是我们朱家的媳妇，还是尊重一下我们家的传统吧，别太固执了。很多事只要去做了，就能从中体会到意义，你说是不是？乔美琪不想听他再说下去，只好道，让我再考虑考虑。考虑了两天，她没能想到不回婆家的合适理由，只得依了朱小辉。周六上午出发时，乔美琪顺路将娃娃和狗粮送到了爸妈家，托他们照管。

朱小辉的大伯年轻时在部队修车，转业后便留在了东北。媳妇是当兵前娶的，后来也随他去了盘锦，生了一儿一女。朱小辉小时候，大伯一家隔上三五年便会回老家探亲，逢年过节也会通电话，如今爸爸还会跟他们视频。这次只有大伯和伯母两个人回来，之前已到村里住了两天，看望了奶奶，目前还是住在朱小辉家。来的路上，朱小辉在超市给他们买了几样保健食品。而乔美琪才上路没多久，开得比较慢，导致他们抵达老家时已十一点多了。才进堂屋，便闻到了一阵浓郁的肉香。乔美琪心想，看来饭也熟了，倒省得自己帮忙。不过估计还要洗刷油腻的筷子和碗，这是她最不愿干的活。进屋，只见朱小辉的爸爸和老叔等人正围着一个体型如大肚弥勒佛的人聊天。那人不时爆发出爽朗而不失尖利的笑声，仿佛笑得太高声导致破了音，肥嘟嘟的脸，笑眯眯的眼，看上去倒还和善。

朱小辉拉着乔美琪走近，叫那人"大爷"，乔美琪也跟着叫了一声。她觉得怪别扭的，但朱小辉之前就告诉过她，他们老家这一带都称伯伯为"大爷"或"二大爷""三大爷"，他让她入乡随俗。"大爷"站起来，抖落一身的瓜子皮和花生皮，端详着朱、乔二人，腆着肚子道，不错，挺般配。俩人在一块儿就好好整，少生气吵架，多体谅对方。朱、乔二人答应着，乔美琪垂着头，目光落在"大爷"如气球般圆鼓鼓的肚子上，条纹的保暖衣被撑得变了形，搞得她大气不敢出，像是怕它会爆炸似的。"大爷"边嚼着花生边对乔美琪说，以后小辉做错了事你可以找他爸他妈，他们管不了就找我，让我训他。你呢，也要尽到做媳妇的责任，照顾好他的生活，以后有了孩子要尽心尽力地抚养。让男人省心，在外面努力赚钱养家。一家之主好了，你们女人才能过得舒心，你说是不是这个理儿？这话听着既令人心头火起又禁不住想笑，他把女人当成了什么？难道他活在大清朝吗？乔美琪本不想回答，甚至想反驳，但朱小辉挠了挠她的手心，她只得违心地应承。接着，大伯又问了问朱、乔二人目前的工作和生活状况，以人生导师的口吻重申了几句他对婚姻和夫妻的理解才算作罢。

午饭摆了两大桌，依旧是男女各一桌，但"大爷"显然还有话要嘱咐新婚夫妻，便破例让乔美琪坐在了男人这一桌。朱母和朱小彤等女眷负责上菜，四个凉菜早已摆好，炒菜却比以前少，只有两道，炖肉和鱼也迟迟没有端上来，后来乔美琪才知道没有这两样。这种规格未免太寒酸了吧，就算"大爷"不是外人，来了多日，也不能就这样招待吧？男人们并不着急吃菜，慢慢喝着酒，像是在等待什么重头戏。乔美琪正纳闷时，朱母将一大盆装得冒尖的炖肉端了上来，另一桌也上了一盆相对较小的。热气中带着绵长的浓香，直扑到脸上，叫人味蕾大开。这香气非同寻常，乔美琪以前没闻过，既不像猪肉，也不像牛羊肉，更不是鸡鸭鹅之类的，难道是兔子或者火鸡？她想问问是什么，却不知该问谁。毕竟这一桌的男人除了朱小辉和张轩，其他的都是长辈，且不熟。她猜测朱小辉估计也不知道，张轩呢，离着她老远，根本不方便搭话。朱父站起来，在盆子里一阵翻找，将一大块肉和骨头夹到朱小辉大伯的碗中道，大哥，这前腿儿给你，肉厚。"大爷"并不推辞，只道，吃你的吧，我自己来。其他人全都各夹各的，吃得不亦乐乎，连说话的工夫都没有。一时间饭桌上只闻咀嚼声、吧唧声，以及喝白酒时的啧啧声。这时，朱小彤的儿子大声喊道，妈妈，我也要啃狗腿儿。乔美琪听闻，马上住了嘴，她简直不敢相信自己的耳朵。可小孩子的嗓音清澈且激昂，明明白白，不会错，他说的是——狗腿儿。乔美琪这时才想起这次进院子时好像少了什么，一开始没发觉，现在她想到了——少了狗叫声，少了土狗小黑对她的热烈欢迎。难道说这些人吃的狗肉来自小黑？她只觉得眼前发黑，一阵晕眩，极力稳住才没有从凳子上歪倒。桌上这群人的嘴脸从清晰渐渐变得模糊，又变得无比清晰。他们吃得越开心，啃得越香，越是让乔美琪觉得丑陋和野蛮。一阵深深的恶心感从胃部的最底层往上涌，涌到心口，再到嗓子眼，恶心得她直想吐，于是起身捂着嘴巴跑了出去。朱母问朱小辉，美琪怎么了？后者摇摇头，说不知道。朱小彤说，不是怀上了吧？朱母喜出望外道，有可能。"大爷"对小辉道，多吃点狗肉，补身子。你这刚结婚，得赶紧整出孩子来。第一胎要是个女娃,那就再要一个,咱们老朱家的香火可不能断。朱小辉答应着,想起大伯的儿子娶的第一个媳妇刚结婚那几年总是习惯性流产,后来总算保住一个男孩,被他们喂养得特胖。

乔美琪跑到院子拴狗的地方,果然不见小黑,只有那条狗绳像条死蛇蜷在地上,这更加印证了她的猜想。像是小黑的在天之灵要给她传话似的,几乎吐光胃中所有的食物后,乔美琪被直觉牵引着,进了旁边的棚子。一抬眼,只见一张黝黑的狗皮被钉在墙壁上,虽然没有了肉身,眼部也只剩两只窟窿,但耳朵还在倔强地挺立着,就像小黑还活着。她的心犹如被刀子狠狠地剜了一下又一下,小黑那活蹦乱跳的模样仿佛又出现在了眼前,它那哼唧哼唧的撒娇声似乎又在耳畔响起。不知不觉,眼泪噼里啪啦往下掉,根本不受控制。

有人拍她的肩膀,问她,你怎么哭了?她听出是朱小辉,回头,盯着他,仿佛他是杀人凶手,质问道,小黑的肉你怎么吃得下去?朱小辉这才闹明白她哭泣是为了小黑,便道,没办法,我大爷喜欢吃狗肉。老实跟你说,这已经不是第一只狗了,我老叔家的狗也被杀过。乔美琪实在无法理解他的淡定和冷漠,便道,它可是你家养的狗,一条活生生的性命。你们……太野蛮了。朱小辉道,我能有什么办法?你以为我不心疼吗?难道你让我为了一只狗惹得我大爷不高兴吗?乔美琪气道,他不高兴又怎样?凭什么他爱吃什么就吃什么？他是皇帝老子吗？再说了，现在肉的种类那么多，什么不能吃？非得嘴馋吃狗肉？为了满足口腹之欲就害死一条性命。他算哪门子长辈，整个就一没人性的倚老卖老的脑满肠肥的不要脸的败类！朱小辉马上捂住她的嘴，冷静冷静，你这话太重了，让别人听见了怎么办？乔美琪注视着他，从他的目光中看到了胆怯和置身事外，心如死灰。她愣了半响，撩开挡在眼前的头发，像是调整好了情绪，便道，明白了，回家再跟你说。他这才松了一口气，放开手，拉着她进了屋。

乔美琪走到桌旁，并没有坐下，而是居高临下地望着众人和桌上的骨头、残渣。别人问她话，她充耳不闻。人们正面面相觑时，她忽然俯身端起装狗肉的盆子，使劲儿扣到了地上，并道，我叫你们吃！所有的人都愣住了，肉汤黑血似的从盆子边缘往周围流淌。众人尚未反应过来，乔美琪抓起包和羽绒服，气冲冲地出了房间。紧接着，响起"啾啾"的开锁声，然后是响亮的关车门的声音，随即是汽车发动的声音。大家将目光聚焦在朱小辉的身上，他愣怔着，不知该如何解释，他没想到乔美琪的气性这么大，更没想到她会这么"勇敢"。

哥，你愣着干吗？还不快把嫂子追回来！半响，朱小彤才道。

甭追，让她滚！朱父站起来道，爸妈还都是老师呢，咋这没教养？她到底冲谁发脾气？她眼里还有谁？朱小辉，看你娶的好媳妇！到底咋回事，赶紧给你大爷一个合理的交代。

她是心疼小黑，她认为狗是人类的好朋友，人不能吃狗肉。朱小辉道。

就这样？朱父还等着儿子继续说下去，他不相信理由竟如此简单、荒唐甚至滑稽。

以前在北京时，她身边有好多朋友都是动物保护主义者。朱小辉只得替她找理由。

保护个屁！吃饱了撑的。朱父振振有词，狗肉为啥不能吃？当年灾荒时谁没吃过狗肉？我和你大爷你老叔要不是吃狗肉能活到今天？还能有你们，有这一大家子人？真搞不清现在的年轻人脑子里怎么想的！它再怎么聪明、通人性，再怎么懂得看家护院，它也是畜生，和鸡鸭鹅猪牛羊没有区别。再把它当宠物当宝贝，它也是案板上的肉，必要的时候就得进锅。要怪就怪它自己命不济，没托生成人，没爬到食物链的顶端，还能怎么办？

朱父越说越激动，朱小辉已经很多年没见过父亲如此动怒了，也不知道父亲从哪儿看到的这些词。令父亲发怒的对象此刻已不在眼前，朱小辉自然变成了矛头所向，他一声不吭，就像小时候做错了事被父亲教训甚至打骂时一样逆来顺受。每当那时候，耳朵里虽然充斥着父亲诸多不堪入耳的谩骂甚至人身攻击和人格侮辱，但他听得最清楚的还是自己擂鼓般的心跳声。这声音让他的脑子能够出奇地保持平静，不像其他孩子那样还嘴、躲避。在这种声音里，他会想象明天和以后的日子，想象父亲用不了多久就会消气，一切都像没发生过一般。此刻，目光低垂的朱小辉，能看到的是父亲脚上的靴子。不用问，他也知道这是大伯拿来的，而他并非花钱买的，是单位发的劳保用品。大伯和父亲兄弟情深，朱小辉从小就知道，因为父亲不止一次给儿女讲他的童年如何难、如何苦。而在这苦难中，大伯因为排行老大，且非常懂事，自然牺牲了不少本该属于自己的东西，包括吃的、用的以及上学的机会。后来，大伯定居东北后，生活安定，收入稳定，不时往老家邮钱。父亲和老叔结婚盖房以及做生意时都曾受过大伯的接济，说是借，其实根本不用他们还。因此，父亲特别敬重大伯，每次他回老家，家里养的活物就会遭殃。细数一番，为了款待大伯，父亲曾杀过鸡、鸭、鹅、猪、牛、羊、狗、兔子、鸽子等，甚至亲自到兰泉河里捕鱼，到芦苇丛里抓野鸟。在父亲看来，他对大伯表示感恩的唯一方式就是让大伯吃尽各种飞禽走兽，凡是他能抓到的，他就会尽力而为。这也算是投其所好。据朱小辉了解，大伯的嘴很刁，很多食物都不吃，唯独对野味情有独钟。

行啦，数落两句得了，他早成年了，有些事他比你明白。"大爷"解围道，这事儿也不怪小辉，回去让他好好说说他媳妇，讲讲道理。你别直接去骂人家，自己的儿子咋说都行，儿媳妇可不吃你这套。先晾晾她，以后有机会再慢慢讲，别激化矛盾，也不是什么大事儿。

"大妈"和妈妈等人你一言我一语，也加入了劝说的队伍，朱父这才偃旗息鼓。大伯望着地上倒扣的盆子说，不打紧，收起来，冲洗干净，晚上炖汤喝。加足料儿，照样香个跟头。

·19·

人在伤心和愤怒的时候往往不觉得累，甚至在某些方面能超常发挥。乔美琪驱车离开临溪镇后便一路狠踩油门，她手不生了，也不害怕了，只想赶紧离开那个地方、那个氛围。眼前的高速公路一望无际，窗外风声呼啸。某个瞬间，她忘记了身在何处，也不知道要去哪里，如果能一直这样开下去也未尝不可。可当她即将拐下高速，向着市区行驶时，她的这股气也渐渐消退了，就像退潮之后满目疮痍的滩涂——遗憾、尴尬、懊恼。这时，她才意识到朱小辉并没有追上来，可她坚持认为自己没有做错。过分是过分了点儿，但那是她表达情绪的方式，她不出这口恶气心里极度不舒服，说不定会憋出病。接近市区，她放慢了车速，在等红灯时拿起手机看了一眼，没有来自朱小辉的任何消息，当然，也没有别人的。就算他不能追上来,难道不能给她发个信息吗?哪怕是责难,也行啊!她有点儿后悔自己走得太早了,她很想知道他们的后续反应,她应该留下来,可她又不敢以及不想面对他们。

没有回自己的家,乔美琪直接开到了爸妈家的楼下。上楼,爸爸不在。妈妈正在看电视,见女儿回来,诧异道,怎么这么早就回来了?乔美琪沉着脸,坐在沙发上,一言不发。妈妈察觉不对头,遂关了电视,坐到女儿旁边,仔细看她的脸,发现似乎哭过,眼睛还是红的,便问,怎么了?和小辉吵架了?乔美琪往后一靠,还是没言语。妈妈继续问,你这孩子,有什么事就说,爸妈给你做主。这时,娃娃跑了过来,在她脚边闹腾,尾巴晃得要断掉。乔美琪一把抱住娃娃,瞬间又想起了小黑,便替它觉得冤枉和委屈,对妈妈道,您就别问了。说完,她去了自己的房间,关上门。妈妈了解自己的女儿,没有再继续盘问。等到乔父回来,她让他去敲门,乔美琪这才出来,吞吞吐吐了一阵,终于将事情原原本本说了。

我还以为什么大不了的事,就是吃个狗肉,你也太小题大做了。爸爸叹道,意气用事啦,你这么做完全把你和他们家的人置于对立面,让谁都下不来台。你肯定不会道歉,他们更不可能。而且,你想过小辉吗?你让他的面子往哪儿搁,你让他家里人尤其是他大伯一家怎么看他,怎么看待你和他的关系？这事做得欠考虑。

马后炮的话就别说了。妈妈道，美琪也没做错啊，不是我上纲上线。吃狗肉，尤其是还吃自己家养的狗，至少说明这家人没人性，往后还不见得做出什么事呢！

你就别火上浇油了。爸爸道，平心而论，这是价值观的差异。朱小辉他爸甚至那一代人有几个会把这个当成个事儿？除了人肉，他们什么不敢吃？就算美琪掀了饭桌，他们也不会认识到自己的错误。对这种人，只能道不同不相为谋，反正你们又不住一起，打交道的机会也不多，何必闹得那么僵？难道你还指望着能改变他们的观念？

那你说现在怎么办？妈妈道，朱小辉那王八蛋既没联系美琪，也没给咱们打电话。她才学会开车多久，在气头上跑了出来，那家伙怎么能放心？他心里到底有没有咱女儿？

等等看吧，如果明天他还不联系你，你就主动联系他。爸爸道，夫妻之间这根线绷得太紧了，就得有人往前凑几步，否则就断了。

要凑也得是男的主动凑。妈妈道，头一次就服软，以后还怎么生活？

难道你想让他们因为这点事就离婚？爸爸道，值得吗？他们俩之间又没问题。

行了，你们别说了。乔美琪道，我自己会处理的。爸爸说得对，我确实有点儿冲动，没管住自己，但他也不是没有错。我就先等等看，看他的态度，我再决定。

那你回家还是住我们这儿？爸爸问。

今晚就住这儿吧，要回也明天再回。妈妈道。

晚饭后，朱小辉给乔美琪发来了微信，是语音，问她在哪里，吃饭了吗，还在生气吗。乔美琪躺在自己房间的床上，听了三遍，之后才用文字回复，吃了，在我妈家。他道，那就好，别生气了。我爸妈这边不用担心，我已经搞定了。都是一家人，不可能不见面，下次再见时你给他们说两句好话就完了。她心想，我为什么要说好话？可转念又想起爸爸的话。既然朱小辉已经求和了，那她就不要得理不饶人，反正下次再去也得是春节了。便回复道，知道了。接着又问，你什么时候回家？他道，明天晚上到家，纯净水铺货的事，我上午先去见几个人，晚上去接你。一想到他来家里，和爸妈见面也可能难堪，乔美琪便道，不用，我明天早上就回家，你直接回吧。他道，那也好，注意安全，小心开车。她道，你也是。

躺在床上直到很晚，乔美琪才睡着。她翻来覆去想着今天的事，想着小黑，想起鲁迅先生的一句话：人类的悲欢并不相通。她为小黑的遭遇如此痛心，身边又有谁能理解呢？包括自己的父母，他们也只觉得那不过是一只狗。在朱小辉的父母等人看来她还可能"有病"。如果是罗勒或小间，想必他们会感同身受吧。但她不想告诉他们，她觉得丢人。如果让他们知道自己身边是这样一群人，又会如何看她呢？她不需要被同情。另外，她早已离开那个圈子，没必要总是想到他们。也许她无须刻意融入周围，但起码要处变不惊、习以为常。

第一瓶涌蓝纯净水被生产出来时，天气正在转凉。这对销售而言是不利的，冬天一到，很多人只会抱着保温杯喝热水。朱小辉和梅雪松给纯净水定的价比较低廉，一件（二十四瓶）才十元，平均一瓶才四毛多钱。这个价格赚不了多少钱，但也不会赔钱。为的就是先把名气打响，以后再生产高端产品，或是渐渐提价，把钱赚回来。因为没有名气，他们采取的销售策略是"农村包围城市"，也就是先从各个小镇的超市开始铺货。如今不仅镇上，就连一些地处交通要道的村头也都有了小型超市，商品齐全，生意非常不错。得益于以前的工作经历，梅雪松认识很多同行。即使不认识，只要深入地聊一聊，顶多再请上一顿饭，喝上几杯酒，那些小老板基本都能被说服，答应在超市上架涌蓝纯净水。没过多久，梅雪松的老家唐水镇的超市差不多都已铺了货，并且销量还不错，而临溪镇这块市场就得由朱小辉来拓展了。十里八乡住着，生活多年，即使叫不上名字，也是见过的，或是听别人说过。有了熟人自然好办事，朱父和一些亲戚都直接或间接认识这方面的人，很容易就和一些超市达成了供货协议。还有一些周边镇子的超市，没有认识的人，朱小辉只能亲自去推介产品。接触得多了,他便发现这些老板其实没什么特别的销售策略,都是大型商超玩剩下的那点儿玩意;而且从众心理很强,只要他把附近几个超市的名字一报,并说他们已上架了"涌蓝",那么对方就会心动。周日这天,朱小辉将临溪镇周边几个村镇的超市跑了个遍,同样的一番话不知说了多少遍,总算一一拿下。虽累得舌头打结,但好歹有了成效,心里还是高兴的。他觉得这种活,以后招几个有经验的推销人员,稍加培训,完全就能胜任,不必亲自出马。

早晨,乔母打了混合豆浆,热了豆沙馅、肉馅和素三鲜馅的包子,外加煎鸡蛋和清爽小菜。乔美琪洗漱后,坐到饭桌前,明显比昨晚精神,但状态算不上好。妈妈给她倒了一杯豆浆,她才喝了一口,就赶紧跑到卫生间吐了。妈妈追到卫生间问,怎么了?乔美琪看着镜子里自己的脸,淡定地说,可能怀孕了。妈妈喜出望外,真的吗?你确定?她道,反正例假一周前就该来的,现在还没来。妈妈道,你怎么不查查?乔美琪道,没时间,没兴趣。她漱漱口,出了卫生间。妈妈也跟着跑出来,对正在吃包子的乔父说,你要当姥爷啦!爸爸眼睛一亮,转向女儿道,真的吗?乔美琪点点头,随后道,我还没打算生呢。妈妈道,为什么不生?有了就生,打掉不好。你连狗命都那么珍惜,何况这是你的亲骨肉。乔美琪道,完全是两码事,好不好?我还没做好当妈妈的准备。妈妈道，等你准备好就晚了，这事儿都是现学现用，不用准备。有妈在呢，别担心。乔美琪叹气，心想自己和朱小辉已经很注意了。只有三次他没用套子，那三次她觉得自己处在安全期，也就由着他去了。没想到，真是疏忽！

爸妈带着她到医院检查一番，确认已怀孕四十多天，除了需要补钙，其他都正常。准备建档时发现准生证还没办，只好等证件齐全了再来。从医院回来，乔美琪便回了自己的家，连午饭都没在父母家吃，她不习惯突然被爸妈当成"病人"或是珠宝般那样珍视。午后，她饿到不行，想来想去，在附近一家饭馆点了酸菜鱼和辣子鸡丁，吃了两碗米饭，还喝了一碗酸辣汤，一点儿呕吐的欲望都没有。听罗勒说过孕吐期食欲和食量就会增加，到时很可能变成胖子。乔美琪摸摸肚子，有点儿担心。这次怀孕是个意外，光是想象未来的日子，她就有点儿犯怵。但她也明白这是躲不过的，就算躲过这次，还有下次。

晚间，当乔美琪将怀孕的事实告诉朱小辉后，后者一身的疲倦以及少许不耐烦顷刻间烟消云散，眉开眼笑地望着她，又是搂又是抱，一口"媳妇"一口"老婆"叫个不停，简直像个撒娇的大男孩。最后他把脸放在乔美琪的双腿间，额头轻轻顶着她的小腹道，老婆你真棒！我就要当爸爸了，你说儿子长得像我还是你？乔美琪道，才一个多月，你怎么肯定就是儿子。朱小辉道，肯定是儿子，只要你想他是儿子，那就是儿子，你必须得这么想。她心想，迷信，便道，那万一是女孩呢？他道，没有万一。她道，我喜欢女孩。他道，我都想要，要是女孩，咱就再要一个。乔美琪道，再说吧，起码两三年内我不想再怀孕。她觉得她必须表明态度。他认真地想了想道，那也差不多。一般老大和老二差个两三岁比较正常，超过五岁就不太好了。他们之间不亲不说，你刚带大一个再带另外一个就没那个心气了，不如几年之内把两个都带起来。他说得如此轻松自如，且仿佛很有经验一般。看来对这事他早已想了很多遍，只等时机一到就对她亮出观点。乔美琪道，敢情不是你怀孕呢，说得倒轻巧！朱小辉赔笑道，放心吧，老婆，以后家里所有的活我全包，你就安心养胎。我没时间就找个保姆，以后再找个月嫂。反正我会满足你的一切要求，做你坚强的后盾，好不好？他充满柔情地仰视着她，似乎从来没有这么真诚恳切过。她信了。

一天下午，朱小辉接到妹夫张轩的电话，问他，哥，你能借我点钱吗？我知道买房时的钱还没还你，不该再跟你借，但我实在找不到别人了，而且我不想错过这次机会。朱小辉感觉到张轩的语气与他一贯的稳重和谨慎不同，明显呈现出一种奇怪的亢奋和自信，便问，你借钱干什么？张轩简单说明了原委，大概一个多月前，他的一个在北京发展的同学找他，说他正在搞一个非常热门的项目，问他要不要加入，只要加入就能赚大钱。起初张轩不太信，但禁不住同学花言巧语的游说，加之朱小彤的唠叨，他便抱着试试看的心态去了北京。同学并不在北京市里，而在门头沟，去了才知道所谓的项目是推销一种电磁疗仪器，专治中老年的各种腰腿疼痛甚至三高、哮喘等慢性顽固疾病，当然也要搭配药物治疗。到北京后没几天，张轩便被同学拉到该项目的总部基地——河北沧州进行了为期一周的培训。培训结束后，张轩的发财梦彻底被唤醒，一门心思要加盟此项目，好像只要加盟就能发财，那美好的梦似乎触手可及。加盟条件就是先交上五万八千块的费用，同时会获得仪器十台和与此配套的药物，之后就能依靠总部"老师"传授的推销技巧去推销。仪器推销完了，还能在老家开一家按摩店，顺带销售仪器和药物。听完妹夫的讲述，朱小辉直言道，这是传销，骗人的，你赶紧回来。张轩道，哥，这不是传销，非常正规，上过电视，而且那个治疗仪真的管用。听张轩那种中邪般的口吻，朱小辉便意识到妹夫已彻底被洗脑，被发财梦冲昏了头脑，别人越劝他越是不管用，因此他不得不寻找借口道，你也知道我刚刚办企业，一点儿闲钱都没有。张轩穷追不舍道，能拿出多少呢？朱小辉道，反正我手里一分钱都拿不出，我问问你嫂子吧。张轩失望道，那好吧，你赶紧问问，回头我再找你。

挂了电话，朱小辉赶紧联系朱小彤。朱小彤听哥哥说了两句便打断道，我知道，我也觉得他被骗了，可我也劝不回来。反正你别借给他钱,只要他借不到钱,就不可能在那儿干了,到时就该回来了。朱小辉道,也只能先这样了。你给亲戚们逐一打个电话吧,让他们不要借钱给他。妹妹道,行,我知道了。虽然她这么做了,那些亲戚确实也都没有借钱给张轩,但他并没有返回老家。一个多月后,张轩联系朱小彤,说他已成功加盟,目前正在接受培训,再过几天就能出去推销产品了。朱小彤问他从哪里筹到的钱,他说,你甭管,反正我借来了。我算是看透你们这些人了,平时嘻嘻哈哈的怎么都可以,但千万别扯到钱的问题,一扯到钱就没有任何情面了。其实,别的亲戚不借钱给我还情有可原,可你哥你爸怎么能一分钱都不借?他们是怕我还不起吗?做人啊不能太势利,难道我就永远都是个穷光蛋吗?你替我捎个话给他们,别看他们现在对我爱答不理,早晚有一天我让他们高攀不起!老公的语气让朱小彤感到既害怕又难过。她道,张轩,你回来吧,咱还像以前那样好好过日子,行吗?儿子闺女都想爸爸了。张轩道,不混出个人样儿给他们瞧瞧我是不会回去的。你照顾好闺女儿子,别着急,用不了多久,等我发了大财就能让你过上好日子,再也不用辛辛苦苦地上班了。

·20·

自从怀孕后,乔美琪就成了所有亲人百般呵护的对象,犹如高高在上的女王。在家时几乎什么都不用干,刚从洗衣机里拿出衣服,朱小辉就给抢了过去,告诉她不要登高或者踮脚,这种活儿等着他回来再干就行。春节时在婆家,刚拿起择好的芹菜,婆婆立刻抢过来道,水凉,让小彤洗,你待着吧。吃过饭,刚起身要帮忙收拾碗筷,小姑子马上抢过来道,嫂子歇着吧。另外,关于上次扣掉狗肉的事谁都不再提,好像这件事从未发生过。即便是朱父对她亦和颜悦色,甚至比之前还要显得平易近人。做饭前,婆婆都会问乔美琪想吃什么。怀孕后她发现自己确实变得嘴刁了,但也不至于每一顿都要变着花样做,而且世间最难的问题不就是"今天吃什么"吗?因此前两次她还能说出一些冷门的食物,后来她当真不知道自己想要吃什么,只说没有特别想吃的,吃什么都可以。婆婆问她平时想吃辣的多还是酸的多。乔美琪当然听说过"酸儿辣女",她也明白这个没有科学根据,而且医生说过辣的东西吃多了对胎儿的皮肤和眼睛都不好。乔美琪便照着网上的说法跟婆婆解释。婆婆说,男孩女孩我都喜欢,反正现在政策也放开了,至少能生两个,孩子也有个伴儿。我身体还可以,带孩子没问题。

节后上班，乔美琪的肚子已显山露水。情人节那天，朱小辉订了鲜花和巧克力，送到了她公司。公司里的女人大概都没有收到过，或是恋爱时收到过，婚后就失去了此种待遇，这让她们对乔美琪充满了歆羡和嫉妒。牛姐说，你老公真会玩浪漫啊，你都要生孩子了还送花。这么一大捧，得多少钱啊？另一个说，是啊，上钩的鱼还喂食。我老公从来没送过这些花哨的玩意，恋爱时也没送过，就吃过饭。一个男的说，您这姿色不是什么东西都能收到的，请吃饭就知足吧。那人反驳道，哼，第一次还是AA制，看我同意交往了才肯花钱。为了塞住他们的嘴，乔美琪将巧克力分给了他们，反正她一点儿都不想再胖下去了。

晚上，朱小辉来找乔美琪一起吃饭。席间，他问她何时休产假。她道，早着呢，预产期前两周开始，共三个月。他道，要是觉得辛苦就提前休，或者干脆辞职算了。她道，为什么啊？一点儿都不辛苦，整天在家才憋闷呢。他道，反正咱家又不指着你赚的那点儿钱。她道，上班又不只是为了赚钱，再说，你的厂子不是还没赚回本钱吗？他道，别着急，目前县城里的一些超市和便利店都被我们拿下了。如果能把供销大厦拿下来，那其他的超市和商场肯定迎刃而解。但供销大厦实在找不到认识的人。乔美琪质疑道，非得通过认识的人吗？找到负责人死磕到底不行吗？他道，不行，这里的人对陌生人戒心太重，只相信熟人介绍。一句话，只要有关系，再适当塞点儿钱，准能办成。乔美琪不太相信道，不会吧，供销大厦那样的企业，我觉得应该很正规，否则不会发展得那么好。朱小辉道，那也得看在哪里，到什么山上唱什么歌。难道你们公司拉广告的就不用旁门左道？就不靠关系？乔美琪道，反正我不靠，别人我不知道，也不关心。朱小辉道，难怪你业绩差，入乡随俗不懂吗？大家都这么做的时候你不这么做并不会显得你多么高尚和纯洁，只能衬托得你很傻很天真。朱小辉推心置腹，态度相当真诚，是拿自己的经验给乔美琪进行指点。可这番话与乔美琪一贯秉承的行事方式格格不入，她只想靠能力获得业绩，以前是这样做的，现在她还想这么做。于是她道，傻就傻呗，傻人有傻福。我觉得只要坚持下去，肯定能遇到看重工作能力和真心想做事的人。她这么说的时候，其实心里想到的是周凌。

情人节过后第二周的周六下午，周凌联系了乔美琪，问她有没有时间，想带她去他的创业基地看看。朱小辉不在家，她刚好睡醒午觉，闲着无事，便答应了。她没开车，坐了他的车。一上车，他便注意到了她稍微隆起的小腹，要当妈妈了？她嗯了一声，问他，你有女朋友吗？他问，你要给我介绍？她想了想道，没合适的，不过，你根本不缺吧？他问，何以见得？她说，这不明摆着吗？有钱，长得又不错，还年轻。他笑道，你也这么肤浅？她道，对啊，我就这么肤浅。他笑道，目前还真没有，忙着创业，没空交。她道，也该处着了。他道，能别一副过来人的口吻吗？我真是看不惯女的一结婚了或者当了妈就恨不得把单身的全都拉下水。她嘿了一声，观察他的表情，不像是开玩笑，便道，也是，单身多好，反正你有本钱玩，不用着急结婚。他道，这跟有没有本钱没多大关系，就算我是个穷光蛋，也不会结婚。她道，那当然，穷光蛋拿什么结？谁又跟着？他道，照你这么说，结婚对女人而言就是找个经济依靠呗？她道，我可没这么说，但这是目的之一。你没结过婚，你不懂，复杂得很。他道，是吗？那你当初为什么和你老公结婚？她想了想道，可能是想安定下来吧。他道，那很重要吗？她道，人们都说到什么年纪做什么事——他打断她道，别人都做你就做啊？你就不问问你内心怎么想的？那才是最重要的。她没想到他会这么说，愣了片刻方道，想是一回事儿，生活又是一回事儿。毕竟你不能活在真空里，总得面对世俗吧。他道，可能吧。随后不再说话，开了音乐，填补突然而来的仿佛冷战般的空寂。

农场地处唐山丰南区，距离市区大约三十里地，占地挺广，种了不少植物，树梢远远望去已泛出隐隐的绿意，但近看尚无嫩叶。很多家鸡、珍珠鸡和火鸡在林间闲庭信步，对来客视若无睹。池塘里只有边上还结着薄冰，中间有水泵在哗哗哗放着水，白鹅、灰鹅、白鸭在水中嬉游，几只红嘴鸭偶尔会贴着水面一阵疾飞，很是欢乐。一边游览，周凌一边给乔美琪介绍农场中的植物,有曼地亚红豆杉、食用玫瑰以及各种果树,还有各种野菜和农作物需要等到天气暖和了再种植。他说欢迎她以后再来玩,到那时想吃什么尽管拿。她问,现在有什么可以吃的?鸡肉还是鸭肉?他笑道,这些东西主要是产蛋的,现在只能去看花,采摘草莓。大棚里不仅有草莓,还有玫瑰花、百合花,以及圣女果、罗马生菜等各种蔬菜。因为是周末,来摘草莓的人不少,还有员工在剪花,并进行包装和加工。乔美琪吃了几颗草莓,果然比超市买的更新鲜、更好吃。见乔美琪拿出手机自拍,周凌拿着手机道,我帮你拍。后来又在花田里拍了几张,随后发给了她。

转累了,他带她到类似办公室的一处房间休息,给她泡了玫瑰花茶。她道,以前在北京时经常喝。他道,我让人给你准备了点儿草莓、鸡蛋、鸭蛋、花茶还有鲜花,先尝尝我们的产品,再认真想想公众号怎么做。她道,鲜花就算了,别的我可以收下。他道,拿着吧,已经包好了。等会儿拍照帮我发个朋友圈,宣传一下。目前规模还不大,只提供给市内的一些花店,我未来的打算可是要开拓整个京津冀市场。她说,我这就发。他便让人把东西拿了进来,一通拍照后,她想了想文案,然后发了,并且定了位,以显示她在此地。他马上看了看,道,写得真好,你为什么不在北京待着了,回来后不觉得后悔吗?这话让她心有戚戚焉,却不想在他面前有所表露，假装无所谓地摸摸肚子道，后悔还能怎样？太晚了。他道，有些事只要你想做，永远都不晚。她道，有钱人当然可以这样说，我不行，我就得将错就错。他道，你是不是对有钱人有什么误解？这跟钱没有关系。乔美琪没有回答。他盯着她的脸问，你快乐吗？她反问，快乐是什么？他想了想道，就是过得舒心，每天一睁眼就面对着自己想要的生活。她道，还成吧，我现在的生活就是我以前想要的。他想了想道，我觉得你不快乐。她像被冒犯了似的，回敬道，你有什么资格对别人的生活评头论足？他道，我绝对没有探询隐私和八卦的意思，而且对你的个人生活也不感兴趣。我只是一种直觉，可能是错的，对不起。过了一会儿，她才道，没关系。她觉得可能是自己过于敏感了。

回去的路上，车里的气氛有点儿微妙。乔美琪想了半天才终于想起一个话题，便道，我妈和你妈是教友。周凌说，我知道，自从和我爸离婚后，我妈就信了教。有个信仰也好，倒是个心理安慰，还有事情可做了，省得她天天想一些乱七八糟的。乔美琪面露尴尬道，不好意思，我真不知道你爸妈离婚了。周凌道，没关系，这不是我主动讲的吗？从我记事儿起，爸妈关系就不好，经常吵架，主要原因就是我爸看不上我妈。我爸在入伍之前，通过父母之命媒妁之言，认识了我妈，很快就结了婚。退伍后，也许是有了见识，他便再也瞧不上我妈。当时他在粮库上班，看上了另外一个女人，据说当时闹得天翻地覆。但所有人，包括我爷爷奶奶都站在我妈这边，合起伙来将我爸看上的那个女人糊弄走了。此后，我爸就百般刁难我妈，逮到机会便刻薄她。除了日常开销，一点儿多余的零花钱都不给她；在亲戚和朋友面前，做出恩爱的样子，实际上早已分居多年。可即便如此，我妈也没有想过要离婚。她说不光是为了我，最主要还是那时候离婚的女人很难再找到合适的，觉得离婚不好看。后来我爸的生意越做越好，他又有了别的女人，那女的才比我大七岁。离婚后，我爸就跟那女的结了婚，她还给我生了个弟弟，现在刚上幼儿园。离婚对我妈而言也不是坏事。我觉得她也算是想通了，虽然有点晚，但总比一辈子活在那种抑郁的氛围里要好吧？

乔美琪在心里唏嘘不已，替周凌的妈妈感到不值。她道，你爸也忒不是玩意了。

男人能有几个好的？都一个德性，特别是有了钱之后。周凌道，小时候每次吵架，我妈就会抱着我哭，告诉我长大后千万不要像我爸一样没良心，要对女人好。

你不也是男人吗？难道你也是个混蛋？乔美琪开玩笑道。

正因为我是男人我才懂得他们，懂得我自己。他道，这是男人的劣根性。

你是因为这个才不想结婚、不相信婚姻的？乔美琪问，这算童年阴影吗？

可能吧。周凌自我剖析道，但我觉得这不是主要的，毕竟我已经长大了，早有了自己的是非观，它不可能一直影响我。最主要还在于我本来就不觉得感情能长久，任何事都有开端、发展、高潮和结局。感情也一样，如果靠法律或道德约束就更悲剧了。我觉得人活着没必要被那些条条框框束缚着，活得真实最重要，要勇敢面对自己。不就活这么一次吗？为什么不能按照自己的真实想法去活呢？

这么说，你肯定不会结婚生孩子了？乔美琪问。

嗯，我对组建家庭传宗接代天伦之乐没兴趣，我只要我自己活得开心就够了。周凌道，另外我觉得这世上有很多事都比恋爱、结婚、生孩子更好玩、更有意义。

比如创业？乔美琪道，其实你找一个志同道合的人一起做也可以。

不可以，哪有那么多志趣相投的？可遇不可求。周凌道，我觉得吧，如果你真正想要做一件忠于内心的事，最好独自去做。

也对。乔美琪思考着，附和道，看来你这人不怕孤独。

确实，孤独没什么不好的，你要学会享受它。

·21·

你和谁去的那个采摘园？在刷到乔美琪的那条朋友圈后，朱小辉一回到家便问她。她轻描淡写，一个客户。他问，男的女的？她警惕道，男的，怎么了？他道，尽量别跟不知根底的人去那么远的地方，万一出了事后悔都来不及。她道，不会的，那客户挺好的。说起来你可能不信，是我高中同学，留过学。人家也算是正人君子、青年才俊，能出什么事？他顶不喜欢她在他面前夸其他男人，却又不想显得自己太过小心眼，只道，知人知面不知心，小心点为好。她道，你是不是觉得我怀了孕智商也跟着下线？他道，反正你很容易轻信别人，这点就不好。她道，我这是与人为善，总比你时时刻刻防着别人强吧？他反驳，那可不对，连鲁迅都说过，"我向来是不惮以最坏的恶意来揣测中国人的"。她觉得这话引用不当，便道，时代不同了，看人的眼光也要变啦。他道，时代是不一样了，但人可没进化得那么快。她问，你是不是被谁坑了？他连忙否认，没有的事儿。

她没再理他，继续看她的美剧。他进了卧室，不知在找什么，只听各种抽屉和门柜的响声。随后，他又出来了，见她在看《美国恐怖故事》。一个杀手截住了正要骑摩托逃跑的龙套演员，龙套演员的脑袋掉了，摩托车和无头尸体还在朝前行进，血像喷泉似的从脖子处涌出。他厌烦道，你能不能看点儿正常的片子，你想让儿子还没出生就做噩梦？她只好按了暂停，问他，找什么呢？他道，感冒药。她趿拉着拖鞋，走到药箱旁，发现有一盒四季感冒胶囊，便道，这不是？他道，那个不管用，我要感冒冲剂。她切了一声道，又不是小孩儿，吃这个不更省事吗？我记得还有冲剂的，可能在厨房。说着，进厨房翻了一通还是没找到。她自言自语道，我明明记得还有半袋呢。他站在厨房门口，看着手忙脚乱的她道，成天乱放，用的时候就找不到了吧？她反驳道，那么多东西，我总不能记得每一件都放哪儿吧？你先把水烧上，肯定能找到。他转身去烧水。她在电视柜和玄关处的鞋柜里翻了翻，没找到。他又翻了一遍药箱，还是没有，随即道，用完了就放在药箱里，还好找吧？她黑着脸，掀开沙发坐垫的一角，从里面拽出一只花花绿绿的塑料袋，随手扔到他脸上道，上次就是你喝的，用完了不放回原处，还来怪我？他捡起掉在地上的小袋冲剂，想了起来，上次确实是自己半夜时喝完随手扔在沙发上的。没想到竟然出溜到了坐垫下，想来她也是很久没收拾过房间了。

喝完药，这次他将它们放回了药箱中，洗过杯子，他开始整理刚才因为找药弄乱的地方，连带着拖起了地板。她坐在沙发上看着他道，你有病啊？大晚上拖地。他摸着脑门说，我是有病，发烧。她道，那你还不快去床上躺着。他道，我躺着，家里的活儿谁干啊？她干脆关掉视频道，放着吧，明天我收拾。他道，您有那时间还和男人去摘草莓呢？比干家务爽多了吧？她道，朱小辉，有话你就直说，别跟个女人似的吃干醋，一脸小人样儿。他将墩布往地上一掷，它"噼啪"一声直挺挺地摔在光滑的地板上。他道，我怎么跟个女人似的了？你给我说清楚。他脑子里嗡嗡的，脸似乎更烧了。"跟个女人似的"——这话太熟悉了，不过已经很多年没人这么说了。那还是小时候，他长得瘦弱、白净、斯文，一说话就脸红，因此总有人拿他当女孩，上学之后还曾被许多男同学叫成"假丫头"。他当时讨厌死这个外号了，后来还为此和同学干了一架，把对方打得鼻青脸肿。虽然他自己也挂了彩，但再也没人敢这样叫他。从那以后，他大概明白了一个道理，那就是硬的怕横的，横的怕不要命的。只有你比他更狠，他才怕你，才敬你，才拿你当个人看。如今，被自己的老婆这么说，犹如在大庭广众之下被扒了裤子。朱小辉怒目圆睁，一字一顿地说，你再说一遍！

乔美琪不知他哪根筋搭错了，那模样把她吓坏了，就像刚才美剧里那个恼羞成怒的杀手一样。本来她还有一大堆话可以反驳他，可现在她一个字也不敢说，她生怕他下一秒就会拿起刀追着她赶尽杀绝。在她恐惧的眼睛里，他看见了自己的愤怒，意识到自己失了控，于是赶紧缓和了语气道，对不起，我今天有点儿累，和客户谈得不太顺利。说着，他搂住瑟缩着的她，一起坐到沙发上，他从她的头发、脑门、眼睛、鼻子一路亲到嘴巴。她这种楚楚可怜的样子倒是很少见，反而激起了他的欲望，于是脱掉她的衣服，就在沙发上办了事。随后，又将她抱到浴室。洗过澡出来，俩人直接上了床。她这才平复了心绪，问他，怎么不顺利了？什么样的客户？他道，认死理儿，觉得我们的产品太低端。其实我看他是瞧不起我们，妈的，总有一天我会让他求着我供货，让他们高攀不起。她问他，哪家商场？他说，南方购物。她知道那一家商场，就在市里，是这两年新兴起来的购物广场。她道，回头我问问，看有没有认识他们的人。他道，你不用操心，总会有办法，大不了不上他们的架呗。你只管安心养胎，明白吗？她嗯了一声。

农历五月底，乔美琪顺利诞下一女婴。说顺利，不过是外人眼中的生产过程。对乔美琪来讲，说在鬼门关绕了一圈可能有点儿夸张，但那种剧烈的疼痛委实是这辈子无法忘记的，致使她想骂脏话，骂朱小辉这个狗娘养的；致使她不想再怀孕，不想再生孩子。预产期前两天的黄昏，乔美琪有了明显且规律的宫缩症状，当时朱小辉正好在家，便送她去了妇幼医院。一夜之内不断宫缩，痛苦成了常态，到第二天早晨五点多，羊水破裂，正式进入分娩阶段。乔美琪产道狭窄，医生进行了侧剪，这才保证了婴儿顺利出生，只用了一个多小时，这对初次生产的孕妇而言已是很不错的状态。婴儿体重六斤四两，非常健康。望着这个皱巴巴的，浑身通红之中夹杂着青紫的小生命，乔美琪竟有些不知所措，她只是长长地出了一口气。在医院这几天，爸妈、婆婆和朱小彤等人都来看过她和婴儿。妈妈还和哥哥视频连线，让兄妹通了话，让他看了看外甥女。因为剪了会阴，待到伤口拆线后，乔美琪才和女儿一起出院。婴儿除了嘴巴和朱小辉（都有点儿下兜齿）如出一辙，其他五官尚看不出来和谁相似。妈妈说，孩子的面相会变呢，现在当然看不出来像谁。不过一般来讲，女儿长得像爸爸的比较多。乔美琪在手机软件上把朱小辉的大头照 PS 成了女性版的，看起来倒挺秀气。

回到家后，婆婆暂时住到了城里帮忙照顾，公公只来过一次，耷拉着脸，连高兴都不想假装一下。乔美琪知道他想要孙子，对孙女喜欢不来，可那又能怎么办呢？生男生女又不是她能决定的。就算他不高兴，也犯不着给她使脸子，再不济还可以去找他儿子算账，毕竟他那条染色体才最关键。乔美琪的妈妈也注意到了，私下里和乔美琪说，甭理他，没想到那老家伙还挺封建。乔美琪现在确实没工夫理别人，她所有的精力必须都扑在女儿身上。很多事有婆婆帮忙，她轻松了不少，但喂奶是谁都不能代替的，基本上每隔三小时左右就得喂一次，除非孩子睡着了。这孩子比较爱哭，当然，婴儿表达情绪的方式似乎只有哭。反正每天她都要哭好几次，睡醒了就哭，饿了也哭，热了也哭，抱着哭，放下了还哭。有时候,她的哭声会让乔美琪烦躁得很,可她只能哄她,想尽一切办法哄她。妈妈几乎每天都会来,有一次她说,我觉得这孩子太爱哭了,比你和你哥都爱哭。你们俩小时候没这么哭过,估计她脾气不好。婆婆道,爱哭好啊,外向、开朗,总比肉头阵强。

倒是看不出朱小辉对孩子有什么不喜欢的,虽然之前他一直希望要儿子。他会抱她,会亲她,会抚摸她的小脸,会对她喃喃自语,叫她宝贝。但做这些的时候,乔美琪总觉得缺了什么。女儿在日出时分出生,他给孩子取名"晨曦"。乔美琪挺喜欢的,不浪漫的朱小辉难得浪漫一回,但她觉得这个词过于通俗,不如把"曦"改成"兮"更好。朱小辉问他"兮"是什么意思,她说,让人一眼看出意义的名字太浅了。他想了想道,随你。朱晨兮的满月酒是在县城饭店办的,就是之前办结婚宴的那一家。基本上还是那些人,除了乔美琪之前在北京的朋友没来。罗勒剖腹产生了一个男娃,比朱晨兮早出生一个多月。乔美琪看过照片,混血儿挺可爱的。那天,作为主角,朱晨兮也被带到了饭店,犹如一件宝贝,放在婴儿车里供一众宾客观赏,甚至逗弄。孩子几乎一天一个样儿,比刚出生时顺眼多了。乔美琪觉得母爱在养育过程中一点一滴积累起来的应该比先天的更多,就好比日久生情,毕竟能对一个婴儿一见钟情的人是少数。每个宾客过来看婴儿时,朱小辉都会跟着过来,假装稚嫩的声音道,宝贝，快看，这是大姑，这是你的小表哥。每个人都从朱小辉的脸上看到了他对女儿的爱，都认为他是一个好爸爸，甚至比乔美琪还要爱女儿。她冷眼看着，忽然意识到朱小辉看女儿时缺的是什么了，是发自内心的喜爱和笑。现在他虽然也在众人面前笑着，可那笑太假了，假得就像拍照时挤出来的一样。而他所流露出来的爱也是那么的拘谨和不自然，就像一个怯场的三流演员。

宴席上，朱小辉喝了不少酒，以至于回去时不得不由乔美琪开车。他坐在副驾驶，婆婆和朱晨兮在后座。一进家门，朱小辉便去了卫生间。朱晨兮在车上睡着了，此刻醒来，大声啼哭，她的哭声饱满而尖锐，充满了愤怒、质问和索求。乔美琪给她喂奶，她并不吃，用各种玩具逗弄亦无济于事。婆婆将孩子抱了过去说，我来，你去看看小辉，咋这么半天还没出来。乔美琪敲了敲门，没人回应。她推门而入，只见朱小辉趴在马桶边上，半醉半醒，马桶里有呕吐物，他嘴角还残留着一丝胆汁或是胃液，眼角也有泪痕，估计是强烈呕吐所致。她拍拍他的背，扶他起来。他晃晃悠悠地起身，双手撑住洗手台，对着镜子半睁着眼道，为什么，为什么不是儿子？他的话断断续续，犹如一个虚弱至极的病人弥留之际的嘱托，其时朱晨兮的哭声正穿透房门，充斥其间，但乔美琪还是听得真真切切。这话犹如一把锯子割着她，她很想说些什么，却什么都没说。只是让他弯腰，将他的脑袋用力往洗手池里压下去,并扳开水龙头,用冷水浇着他的脑袋。他像洗完澡的狗一样晃晃脑袋,抖抖身体,随后似乎接受了水温,干脆自己撩水洗脸。乔美琪将毛巾扔到他身上,出了门。此时女儿已停止哭泣,婆婆问她,小辉还好吧?乔美琪道,好着呢,让他自个儿慢慢清醒吧。

·22·

产假期满后,乔美琪没再回原公司上班,而是另谋高就。周凌欣赏她的能力,尤其是她在新媒体运营方面的经验和掌控,他邀请她加入他的公司。还在月子里时,周凌就跟她说了自己的想法,让她认真考虑,不必急于答复他。其实用不着深思熟虑,她很愿意试一试,为他的农场做线上营销。倒不是看重他给的待遇——当然这也是一个原因,最主要还在于他给了她施展才能的机会,愿意让她放手去做。为了迎接她,他单独设立了一个部门,该部门的一切运作都由她说了算。只要能把他的生意最大程度地电商化、媒体化,而不是依赖传统销售,那么在一定程度内,他愿意为她提供各种支持。在原来的公司憋屈了那么久,又在家里做了这么长时间的全职妈妈,她早已心痒手痒,期待能在职场上有一番作为,突破以往。因此她很爽快地答应了周凌,并在最短时间内调整了懒散状态,以迎接崭新的职场生涯。

尽管遭到家人的反对,他们一致认为她"复出"过快,应该再做一段时间的全职妈妈,至少等到朱晨兮周岁断奶后再工作,但她意志坚决,情愿每天使用吸奶器提前将奶水给女儿准备好,也不想整天待在家。刚开始工作那几天,她确实无法全身心投入,几乎每时每刻都在想着朱晨兮。想着她在睡觉还是在哭,是不是饿了,婆婆有没有喂她,或者有没有推着她出去转圈,如果出去了有没有做好防护工作,会不会被风吹感冒。实在太想的话,她只能给婆婆打电话询问。在女儿身边时并没有感到对她有多么爱,有时甚至会烦她,可一旦离开了又想得不行,这大概就是母子连心吧。为了缓解这种情况,她只能强迫自己将精力转移到工作上,渐渐地由每天打五六个电话变成了三四个,到后来只有两三个。好在部门处于起步阶段,并不需要加班,中午有时还能回去看看女儿以解思念之苦,慢慢也就习惯了。

一天中午,乔美琪收到朱小彤的微信,问她在干什么。乔美琪说她刚吃过午饭,又问有什么事。两个多月前,小姑子谁都没商量,便辞掉了县城服装店的工作。据说,为此她老公还跟她吵了一架,怪她做事欠考虑。朱小辉虽然也责怪了小妹,但还是为她在唐山找了工作。因为朱小彤一直都想来唐山发展,她觉得这里机会更多,说不定就能赚到大钱。但朱小辉给她找的只是在俏邻居超市做收银员,甚至还不如以前在服装店时赚得多。俏邻居是一家类似711便利店的小超市，在本市有很多分店。朱小辉的涌蓝纯净水也在这里出售，他认识超市的老板，便给小妹介绍了这工作。乔美琪猜测朱小彤准是在超市干不下去了，但又因为这是朱小辉给她找的工作不好这么快辞职，便想找她商量。

过了一会儿，朱小彤问她，你们公司的产品有没有网店？乔美琪道，微信和淘宝上都有店铺，你想买东西？朱小彤道，不，如果我帮你们带货，能给我提成吗？乔美琪道，肯定能给，但给多少我还得问老板。朱小彤道，只要提成合适，我想试试。乔美琪多少了解一些目前颇为流行的"网红带货"，但并没有想过尝试这种营销方式，她觉得这也就是火一阵，不可能长久。但话说回来，在这个飞速发展的时代，新事物层出不穷，又有什么能长久呢？她干脆跟小姑子语音连线，问她，你在抖音上有多少粉丝？就想着带货？不怕影响好不容易树立起来的人设吗？小姑子道，五十多万，但每天都还在持续增加，已经有产品找我做广告了，不过我更想在直播时推销产品。天天说我和儿子女儿的事，也没那么多可说的，不如搞点儿实在的，反正大家都这么做。乔美琪道，既然你已经想好了，那我问问，尽快答复你。

挂掉语音，乔美琪打开抖音，找到小姑子的账号，原来粉丝都已经超过了五十六万。其实，朱小彤最初发视频也没想着当红人，只是跟风而已，后来因为一条拍儿子吃饭的视频收到了十多万的"红心"之后才有针对性地拍摄。纵览她发过的一百多个视频，大多数都是闲话家常，儿子和女儿是红了之后常用的内容，而且已经有意识地去设计和安排，有了简单的剧本。虽然小孩子的演技一般，但贵在自然，加之两个小孩子长得都可爱，让那些喜欢孩子的人都成了"脑残粉"。不妨让小姑子试一试，乔美琪想着，便和周凌讲了这件事。周凌表示愿意尝试新事物，至于提成，可以先高一点儿，甚至不赚钱都可以。如果朱小彤能把销量搞上去，以后再谈具体的合作条件。乔美琪马上给小姑子发了微信，又安排底下人拉了一堆产品送到她住的地方，好让她在直播时进行展示。

经过一年多的忙碌，纯净水厂终于收回成本，正式进入盈利阶段，员工也从最初的三四人发展到现在的三四十人，且新投入了两条生产线。一年多来，朱小辉不仅认识了各种级别的分销商，也结识了不少当地政府的人，比如地矿局、工商局、卫生局、税务局等等。说实在的，与这些人打交道费钱费力，更费心，比和分销商谈生意合作麻烦得多，又得请客送礼，还得察言观色赔小心说好话。一个证件磨蹭一两个月办下来就算快的，一路走到现在，他终于明白当地的企业为何如此稀少。总之，和人打交道比做生意难得多，尤其是和这些"现管"，好在梅雪松这方面比他有经验，而且他也渐渐掌握了要领。

因为要扩大生产规模，进军稍微高端的饮用水领域，他们在山区腹地找到了更为合适的水源地，于是免不了和相关部门的负责人来一番应酬。酒早就不能喝了，但饭还是可以吃的，吃完还得去放松放松。梅雪松早就安排好了，一行人进了一家歌城的包房。刚落座，便有七八个穿着统一制服的女孩进了门，在各位来客面前站成一排，一副训练有素的模样。娱乐场所出入得多了，朱小辉对此已习以为常，他知道这就是所谓的"包房公主"，其实不过是陪唱陪酒小姐的另一种称呼。请客的人让另外三个被请的先挑，他们把腿长、腰细和尖下巴的网红脸选走了，一个黄头发的应该是梅雪松的老熟人，她熟练地坐到他的腿上。朱小辉在剩下的四个人中选了那个有点儿娃娃脸的，她紧挨着他坐下，身体前倾，胸部顺势春光乍泄。她身上有一股类似桃子的香甜味儿，朱小辉暗暗嗅着，接过她倒好的酒，不时和她或是和其他人碰杯。包房里灯光昏暗，女孩又化着浓妆，朱小辉看不出她的年龄，不过应该不大，感觉像是入行没多久。因为她虽按着套路在提供服务，假装轻车熟路，其实是拘谨的，她不敢和他对视，即便偶尔眼神相撞，她也会马上闪开。逢场作戏次数一多，朱小辉渐渐能分辨出她们的言行中有几分真，又有多少是装出来的——当然，大部分都是装的。

酒过三巡，有个人接了个电话之后说有要事在身，必须先行一步。另一个打趣道，你老婆查岗吧？边上的道，应该不是，老婆的话不可能像圣旨。那个人也不辩白，穿起外套出了门。本就意兴阑珊的众人便趁机散场，梅雪松和朱小辉将早就准备好的小费分给了包房公主们。出门，朱小辉上车，点了一支烟，他在想要不要找个代驾，不过看看时间，已经十点多了，他没喝多少酒，自己开估计没问题。

有人敲车窗。他按下车窗，只见一位身着运动裤和卫衣的女孩，细看两眼，才认出就是刚才陪他喝酒的女孩。她道，谢谢你的小费，够我一周的饭钱了。他笑笑，没说什么。她这副打扮显得比刚才活泼不少，妆也擦了，但假睫毛还在，随着大眼睛扑闪着，配上娃娃脸，让她犹如芭比娃娃。她问，能给我一支烟吗？他干脆请她上了车。

俩人一边抽烟一边闲聊，多数时候是她在诉说工作的辛苦。抽完烟，她道，谢谢你肯听我发牢骚，我要回去了。他见她这打扮，便问，你这是下班了？她道，对。他问，住哪儿？我送你吧。她问，顺路吗？他道，肯定顺路，我去市里，县城就这么大的地方，随便绕一绕也用不了几分钟。她一副恭敬不如从命的表情道，那好，谢谢……我还不知道你贵姓。他道，我姓朱。她道，朱老板好，我姓苏，单名一个媚字，妩媚的媚。他道，人如其名。她道，我们算朋友吗？他发动了车子道，算吧。她道，既然算，以后就别说这种场面话，有什么说什么。他道，我说真的，不然我为什么要选你呢？她嘴角上扬道，好吧，这个理由倒是挺充分。

苏媚住在北外环的一处老小区，据她说是与别人合租的。夜风带着丝丝凉意，从半开的车窗吹进来，将她身上的香水味吹进他的鼻子。两人一时无话，等红灯时，她将脑袋以一个别扭的姿势靠到了他的身上，他没有拒绝也没有迎合，仍在专心开车。绿灯后，她直起身，盯着眼前的道路，告诉他在第三个路口停下。停车后，他递给她一张名片，说，以后有事可以找我，我会尽量帮你找一个别的工作，不过不要着急。她接过名片道，我肯定会打扰你，到时可别忘了我。他道，放心，那不可能。望着她的身影进了小区，他才驱车离开。

刚才她靠在他身上时，他的身体有了反应，但他很轻松地克制住了。一是因为他明白自己已婚的身份，不想给自己找麻烦；二来，活了这么多年，他早已不是青涩冲动的大男孩，不可能管不住那点儿欲望。他回味着她靠在他身上时那种若有似无的柔软感觉，才意识到自己已经很久没有和乔美琪做爱了。孩子出生以后，她需要休养几个月才能与他同房。另外，自从有了女儿后，两个人单独在一起的机会急剧减少，甚至到了不可能的地步。只有一些深夜，他刚到家，女儿和妈妈都睡了，乔美琪还在等着他回家时才会碰巧有一点儿时间。可那时她往往已经打瞌睡了，而他又累了一天，根本没心情没力气做那种事，只想赶紧睡觉。今天，他却燃起了欲望，一点儿都不觉得困，不由得加快了车速。

回到家，果然妈妈和女儿都睡了，只有乔美琪还在盯着电脑屏幕看电影。他快速地洗了澡，披着浴袍出来，坐到乔美琪旁边，手伸进她的睡衣，握住她的胸。手感似乎和以前不太一样了，难道因为处于哺乳期？乔美琪关了电影，顺势倒在他怀里。一股甜腥的奶味儿钻进了鼻子，他的兴致随之大减。可她的欲望似乎被撩拨起来了，丝毫没有发现他的异样，像一只撒娇的猫那样往他怀里钻，并亲着他的脖子和嘴巴。他没了办法，只得回忆着苏媚身上那好闻的香气，将她拉起来往卧室走去。这时，次卧忽然传来一声啼哭。俩人停止动作，乔美琪将手指放在他的唇上做了一个"嘘"的手势。哭声没再传来，也许只是梦呓。就当俩人再次亲热时，朱晨兮的哭声再次传来，而且伴随着婆婆的哄孩子声。然而，不管用！乔美琪只得叹口气道，算了，我去看看，你先睡吧。他假装无奈道，好吧。其实心里松了一口气。乔美琪哄好孩子，到卫生间洗手，顺便将朱小辉脱下的外套拿了出来。一股廉价的香水味冲上脑仁，尽管很可能已是中味或后味，但依然强烈。凭直觉判断，这应该是女人用的香水。乔美琪猜测他肯定又去夜店应酬了，她发了片刻呆，进了卧室，此刻朱小辉已发出了均匀沉稳的鼾声，盯着他的睡颜看了看，她觉得他的样子不像做了亏心事。

·23·

疑似被传销组织蒙骗的张轩突然回到阔别半年之久的家里时是在晚上十点多，儿女都已睡着，朱小彤正在手机前直播。她在直播中带货做得相当成功，只用了一个多月，周凌公司的网店内便出现了三四款销售火爆的产品，朱小彤也因此得到了不菲的提成，几乎是她在服装店一年的收入。因此她做起来更加卖力，每天晚上九点钟雷打不动地准时直播。突然响起一阵敲门声，朱小彤不得不和粉丝们说了声抱歉，然后来到门口，从猫眼往外看，第一眼居然没认出这个长头发、胡子拉碴、一脸沧桑的男人是谁，仔细辨认眉眼后才知道是张轩。她几乎是倒吸了一口凉气，稍作犹豫才开了门。张轩背着一个大包，径直冲进来，连鞋都没换，扔下包，躺到沙发上说，给我倒点儿水，有吃的吗？饿死我了。见他这副模样，朱小彤心里的鄙视是多过可怜的，但她没有发脾气，而是一一照做，就像以前伺候他那般温柔恭顺。随后，她去了卧室，不得不跟粉丝们扯了一个谎，说自己突然感觉肚子疼，今天的直播暂时到此。不少粉丝纷纷劝她注意身体，让她去医院检查，她匆匆谢过大家，捂着肚子关掉了直播。

  风卷残云一般，张轩吃完了晚上的剩菜剩饭，喝光了一杯水，然后咂咂嘴重新躺到沙发上，脱了鞋，两条腿搭在扶手上，闭着眼睛就要睡觉。一股刺鼻的脚臭味顿时充满了客厅。朱小彤来到他跟前道，洗澡去。他道，不洗，累死了。她捂着鼻子道，那就去洗洗脚。他道，别烦我，让我睡觉。朱小彤问他，你怎么现在回来了？他不语。她又问，情况怎么样？他道，你管呢？着急当富婆吗？她厌恶地白了他一眼，从卧室拿出一条毯子盖在他身上，主要是盖住他的双脚，不让它们再释放臭味。接着她又把那双鞋扔到了浴室的盆中，放水，倒上洗衣液泡着。再回到客厅时，张轩已经发出了鼾声。这鼾声还是熟悉的，以前睡觉时都会听见，可现在她却觉得刺耳，连他在客厅里都让她觉得不适。记得张轩刚离家那阵，她眼巴巴地等着他回来，一开始她的确不适应少了他的生活。可现在她一个人完全掌控了生活，把日子过得井井有条，她已然适应了没有他的日子。他仿佛一个闯入者，成了不速之客，有他在客厅，她觉得不自在，就像多了一个陌生人似的，让她隐隐感到不安。因为他已经不是以前的张轩，很明显，不用问，也知道他过得非常不好，他失败了。

次日，吃早饭时，一双儿女都用害怕的眼神看着张轩，像是不认识他一样。朱小彤道，你们不认得爸爸了？快叫啊。两个孩子这才嗫嚅着叫了两声，张轩抬头看了一眼道，看来我以后要经常回来，但是这段时间太忙，再等等吧。朱小彤问，你还要走？张轩道，当然，我不会半途而废的。她道，不行，你就听我一句话，那都是骗人的，咱们就踏踏实实地赚个辛苦钱吧，别总想着发大财。张轩不说话，朝她投去不屑的一瞥，快速喝完米粥，一抹嘴起身道，我走了。朱小彤问，去哪儿？他道，晚上我还回来呢，先去看看朋友。说完，他走到玄关处，背上昨晚的大包，回头问她，我的鞋呢？朱小彤道，刷了，还没干。他不满地哼了一声，重新找了一双穿上，随后又跟她要了五百块钱。朱小彤想喊住他，却没有行动，不知为什么，她心底竟有点儿期望他从眼前消失，好像他不属于这个家一样。但理智告诉她不能就这么放他走了，于是她联系了爸妈、公婆和哥哥等人，向他们讨对策。大家一致认为等到晚上张轩回来时把他稳住，不要让他再出门，之后再慢慢改变他的想法乃至行为，让他回归正常。可是张轩食言了，他并没有回来，公婆为了劝解儿子甚至一整晚都在这儿，可直到第二天上午，张轩也没有再出现。朱小彤给他打电话，打了三次他才接，劈头盖脸道，别给我打电话，我忙着呢！她问他，昨晚你怎么没回家？他道，下次再说吧，我在火车上了。她问，你又要去哪儿？他道，不用你管，等我发财了就回来。

张母刚想和儿子说话，那边却已挂断。她唉声叹气，对朱小彤道，前晚他回来时你就该告诉我们。要是见到了我们，大家一起劝劝他，兴许就能回心转意。

那天太晚了，你们早就睡了。朱小彤道，谁知道他还要走呢。

你呀，对他的关心太少了。婆婆道，以后少上网，别整天玩手机，搞那些用不着的。那能有你老公重要吗？一个家里没男人还像话吗？

我那不是用不着的。朱小彤反驳道，我那是赚钱呢，您知道现在的开销多大吗？光凭我的工资哪儿够。

媳妇也有难处，你就别说她了。公公道，当务之急还是想办法把咱儿子弄回来。

你那是赚钱？婆婆瞪了公公一眼，继续对儿媳说，你可真厉害，天天拍闺女儿子，把家里那点儿事搞得网上的人都知道。你知道我去幼儿园接孙子时，人家拿什么眼神看我，背地里怎么说吗？你知道你儿子的老师跟我说了什么吗？你这么做已经影响到他的生活了。

那老师怎么不直接跟我说呢？朱小彤心里这么想着，便脱口而出。

你接过几回孩子？还不都是我去接的？婆婆马上堵住了她的嘴。

他们说什么了？老师又怎么说了？朱小彤问。婆婆道，你想听，我还没脸说呢，我嫌丢不起那个人！朱小彤既委屈又气愤，可又不好当着婆婆的面发脾气，她只得长出了一口气，道，我凭本事赚钱吃饭，关他们什么事？只有那些生活乏味的长舌妇才喜欢在背后嚼舌根。婆婆不说话，朱小彤又道，您都没替我辩解？难道您也觉得丢人？婆婆道，躲还来不及，我倒去招是非？再说了，有什么可辩解的？既然你喜欢出名，那么就得忍受流言蜚语。不然你就本分点，该干吗干吗，别总出头露面，给人家制造那么多笑料。朱小彤满不在乎道，爱说就让他们说去，他们就是眼红嫉妒，他们也想当红人，可惜没那个本事。婆婆道，哎，你的事我也管不了，你好自为之吧，就当是为了孩子着想。朱小彤本想好好地讽刺奚落一番，甚至想心平气和地跟婆婆讲清楚这件事，可一看见婆婆的嘴脸，忽然就没了冲动，就连火气也瞬间消失了。她意识到，这些人不值得她大动肝火，她也没义务纠正傻子，就让他们坐在自己的井里被时代的巨轮慢慢抛弃吧。目前最重要的就是要做出成绩赚更多的钱，狠狠打他们的脸。

自从成为网红之后，朱小彤结识了不少同道中人，他们经常在微信群内相互交流直播和录制视频的经验，或是相互转发点赞带流量。其实，那些含有情节的视频都是简单粗暴、程式化的，翻来覆去不过那几个桥段，人物脸谱化，表演也是极尽浮夸之能事，所讲的道理亦不新鲜，甚至陈旧，更谈不上深刻，一般多是搞笑、温情以及好人有好报之类的生硬反转。每次出来一个新梗，很多账号就会翻拍，由此达到病毒式传播的效果。因此，做原创内容最重要，朱小彤也渐渐意识到了这个问题。

下午做家务时,朱小彤正想着以后的拍摄计划,哥哥打来了电话。朱小辉道,妹,在哪儿呢,上班?朱小彤道,在家,和孩子们玩呢。朱小辉道,那你赶紧回老家看看,刚才妈给我打电话,爸妈吵架,爸打了妈,闹着要离婚呢!朱小彤惊道,啊?打坏了吗?朱小辉道,应该没事,但妈哭了,你有空就过去吧!朱小彤道,行,我马上回去。儿女听说她要去姥姥家,便都吵着要去。朱小彤想了想,便带上两个孩子开车回了老家。

·24·

每个周四下午,乔母都会来乔美琪家接替朱母带孩子,朱母则会坐班车回临溪镇,待到周日下午再坐车来儿子家。一个周六下午,朱、乔二人都在家,朱晨兮刚睡醒,乔美琪给她穿上鞋,她出了卧室,朝正在沙发上看电视的朱小辉跑去,并叫着"爸爸"。朱小辉张开双臂,把女儿拥进怀中。女儿已会说简单的字词了,问他,奶奶?他道,奶奶明天就来啦。话音刚落,他的手机就响了。看号码是他妈打来的,自从妈妈带孩子以后,乔美琪便给她换了一部更好的智能机,又教会了她如何使用微信,联系起来更方便。他接听,并摁了免提,他以为妈妈没什么要紧事,不过是想孙女了。那头却传来妈妈带着哭腔的声音，小辉，我要跟你爸离婚。朱、乔二人皆一愣，交换眼色后，他问，妈，发生什么事了？朱母道，我不想再受他的气了，爱谁伺候谁伺候吧！朱小辉猜到爸妈肯定吵架了，但不知为什么，便继续追问，到底怎么回事儿？朱母委屈地说，刚才那王八蛋打了我，我都这么大岁数了，他还打我！乔美琪问，打哪儿了？打坏了吗？朱晨兮听见了奶奶的声音，大声喊着"奶"。朱母这才意识到儿子摁了免提，她叫着朱晨兮的名字，并道，没打坏，没事儿，我就是憋屈，跟你们说说就好了，放心吧。朱小辉问，真没事？朱母道，没事儿，别惦记我，明天我就去找你们。说完，她挂了电话。乔美琪道，咱们回去看看吧，反正明天是周日。朱小辉想了想道，也好。

朱晨兮在车上玩闹了一阵便躺在乔美琪腿上睡着了。乔美琪道，有话好好说，你爸怎么能动手呢？朱小辉想起大概在他上小学三四年级时，爸爸便打过妈妈耳光，好像是因为妈妈买了上门推销的保健品，花了不少钱。为此俩人从晚饭前吵到深夜，妈妈挨打后，抱着他和妹妹，哭哭啼啼着要离婚，但冷战几天后又和好了。在他的记忆中，父母吵架多是因为钱，后来日子好过了点儿，加之他们年纪大了，争吵才减少。朱小辉道，他们那一代，尤其是农村的，很少有不打架的。在气头上难免言行过激，过去就好了。乔美琪道，不管怎么着，打老婆的男人没一个好东西，让我瞧不起。她充满鄙夷的语气让他担心她控制不住自己,为避免她和爸爸发生冲突,朱小辉嘱咐道,到家了你负责安慰我妈就行,我去说我爸。乔美琪道,我还懒得跟你爸这种人讲道理呢。她心想,宁跟明白人吵个架,不跟混蛋说句话。

朱小辉他们赶到时,朱小彤和她儿女已到了半个多小时。朱母在家,看脸像是刚洗过,鬓角的头发还湿着。朱父不在,朱小辉问起,妈妈道,不知死哪儿去了,打完我就出门了。朱小彤道,哥,你去店里或是核桃园看看,爸没带手机。朱母的情绪已稳定,见到孙女更是露出笑脸,把她抱了过去。朱小彤将乔美琪拉到一边,告诉了她公婆吵架的原委。朱母经常带着朱晨兮在小区或是公园里转悠,在那里结识了一些同样给儿子或女儿看孩子的老人,其中多数是老太太,也有一些老头儿。时间长了,便加入了这些老人建的微信群,偶尔分享好玩的图片、表情或是活动,后来渐渐玩起了各种视频类的APP。那天刚吃完饭,朱母没有马上收拾桌子,而是刷起了"抖音"和"火山",对着屏幕露出令朱父无法理解的笑容。朱父道,咋还没收拾?朱母正看得上瘾,正眼都没瞧他,只道,等会儿。

朱父去睡午觉,醒来后见饭桌还原样摆着,而朱母依然维持着刚才的姿势,冲着屏幕傻笑。他不由得火冒三丈,一把抢过手机。因为开菜店收款时也都流行扫码支付,因此,朱父对微信还算了解。只见微信界面刚好打开那个聊天群，其中有人发了语音，他点开一听，居然是个老男人在问朱母明天几点到唐山。这让朱父大为光火，误以为老伴在搞外遇。他举起手机就要摔，并大声斥责，你都当奶奶了，还上网勾搭男人，你还有没有廉耻？还要不要脸？朱母忙扑过去抢手机，啥都不懂！别瞎说！朱父道，我是不懂，你瞧不上我了是吧？那咱俩就离婚，我就不信你能找到！朱母道，越说越离谱了，给我手机。朱父道，就不给。俩人纠缠争执中，手机滑落在地，朱父想要踩上几脚，朱母手疾眼快一个闪身挡住了他。他气不过，顺势掴了她一记耳光。虽没有外人在场，但朱母脸上还是挂不住，一只手捂住脸，哭出声来，另一只手却没忘抓起手机。朱父哼了一声，甩手离开。

听完朱小彤绘声绘色的描述，乔美琪马上想到朱小辉在敏感、多疑、小心眼这方面还真是遗传了他爹。公婆之间的事她做儿媳妇的也不好插嘴，婆婆平时带孩子的情况她了解的虽然不多，可她觉得婆婆绝不可能像公公说的那样。她只能附和着朱小彤，说着安慰的话。有了儿媳妇和女儿撑腰，朱母近乎恢复了常态，但她还在和两个晚辈陈述朱父的种种劣迹，将陈谷子烂芝麻全翻了出来。朱小彤道，妈，你要真觉得过不到一块，那就离婚。朱母一愣。朱小彤接着道，反正我和我哥都长大成家了，您也没必要再为了孩子着想。朱母哼了一声，接着又叹了一声道，哪能真离婚呢？都这岁数了，还折腾啥？要离也应该早离，现在离婚没有意义啦！我这辈子只能跟他混到头了，我认了。这话让乔美琪听着很是伤感。

在核桃园，朱小辉找到了父亲。朱父先发制人，你妈给你打电话了？后者嗯了一声。朱父又问，都有谁来了？后者道，我们一家，还有小彤娘儿仨。朱父道，你们啥时候生第二胎？儿子道，再等两年，等晨兮上幼儿园。朱父道，再让你妈去给你们带几年孩子？带完大的带小的，还真不知道心疼你妈！儿子道，您怎么又动手了？朱父道，我心情不好。儿子问，为什么？朱父道，你妈一周四五天不在家，在家就知道玩手机，里里外外的活都是我一个人干的。我啥时候自己洗过衣服做过饭洗过碗？我地里还有活，店里也得照顾，哪里忙得过来？儿子道，您就不怕我妈跟您离婚。朱父道，她不敢，她也就是嘴上说说。你看我现在的日子，过得不就像个离婚的老头。儿子道，您也别总指着我妈照顾您。朱父道，我习惯了，娶老婆干啥？不就是给你生孩子，照顾你生活吗？你要真心疼你妈，就趁着热乎劲儿生个儿子。一只羊也是放，两只羊也是赶，赶紧让你妈把两个都带大也省事。朱小辉不语。

朱父道，主要是你媳妇不想现在生是吧？朱小辉道，她觉得要一个就够了。朱父道，那绝对不行！看我那时候，生你妹还罚款了呢，现在都鼓励了，生俩生仨都可以，为啥不生？朱小辉道，压力大，养不起。朱父道，你那厂子不是赚钱了吗？生吧，放心，你们养不起，我们帮你。朱小辉露出不太相信的眼神。朱父指着核桃园道，明年这就要建制药厂了，不仅要给我占地钱，还得给我核桃树的钱。一棵核桃树大概能赔偿三千多，我这地里有多少棵核桃树，你知道吗？朱小辉摇摇头，他还真没关注过。朱父道，一百五十三棵，我数了不下十遍，不会错的。你算算多少钱，还不够你们养俩孩子，上到大学也够了吧？朱小辉道，您也得留着养老，不能都给我们。朱父拍拍儿子的肩膀道，傻儿子，够啦，放心生吧。不过你那媳妇主意太大，她不想做的事谁也难说动。可这事儿的主动权还不是掌握在你手里，你自己想想办法，别总惦着厂子的事，床上的事也多做做。说到这儿，朱父露出一个狡黠的笑容。明白我的意思吗？他问儿子。朱小辉嗯了一声道，知道啊！朱父道，知道就抓紧办，不管一个人有多大本事、多大家业，挣多少钱，没儿子继承也是白搭。

父子俩回去后，朱父朱母没有说话也没有笑，只是看了看对方，然后便各干各的事。吃过晚饭，朱、乔二人才带着朱晨兮一起回家，本来想顺便带上朱母，但她说，我还是明天自己过去吧。车上，乔美琪说，你妈的心还真大，要我才不受那份罪。朱小辉道，这就是家人嘛，毕竟在一起生活了那么多年，没感情也有感情了。感情不可能只有爱，肯定也包括恨啊怨啊，哪里能分得那么清？老夫老妻更是分不开。乔美琪道,看你爸,连个歉都不道。朱小辉道,他这个人从没说过对不起,不光对我妈,对所有人都是如此。特固执,又羞于表达,把自尊看得比什么都重。她沉吟道,你不也是吗?他道,我比他好多了吧?她道,差不多。那么看重自尊其实就是因为骨子里太过自卑,自卑过了头就显得刚愎自用,导致不擅长或是不屑于表达。就好像有人理解他是很可耻的一件事,其实那又怎样呢?心里有什么就直说多好。他嘀了一声道,你分析得还真头头是道,我没想过这么深。她问,你们爷俩都说什么了,去了那么大半天才回。朱小辉说,没什么,主要就是在劝他,又聊了聊厂子的事。他不想跟她说实话,怕她炸毛。早在生完朱晨兮后不久,她就明确表示过不想再要第二胎。父亲说得对,他只能采取"曲线救国"的策略,让她先怀上。可现在每次亲热她都让他戴套,好像在防着他似的。他得认真想想,如何才能让乔美琪乖乖就范。

·25·

朱晨兮睡着了,在婴儿床上。薄纱窗帘外是浓重的夜色,灯光如遥远星辰般闪烁,房间里只开着一盏橘色的床头灯,朱小辉将它拧到了最低亮度,使得房间内充满情调。等到乔美琪吹干头发抹了精华和眼霜上床后,他翻身压到她身上，她不仅没有拒绝之意，且相当迎合，这更加鼓舞了朱小辉的士气。一番前戏后，关键时刻来临，果然不出他所料，她伸手去抽屉里拿套。他制止了她，在她耳边央求道，不用了好不好？隔着一层东西不够爽，你也不舒服啊，宝贝。似乎受不了他的软语撒娇，乔美琪收回手，计谋得逞的他马上长驱直入。一番尽兴，达到目的后，他搂着她，为的是不让她马上去洗。过了大概十多分钟，他才松开。她起身，进了卫生间，没有马上洗，而是放了水之后又出来，到厨房的抽屉里拿出两片毓婷，服下后才又去洗。洗过澡，她再次进行一番护理后才回到房间，朱小辉已然睡着了。她早就知道朱小辉不喜欢戴套，其实她也不喜欢，但为了不怀孕也只能这样。当然，避孕的方式不止这一种，可事后服用紧急避孕药副作用很大，一年最多两三次，最好的办法是上节育环。既然如此，她觉得哪天有空先把环上了，等到以后真要"想不开"要二胎再摘掉即可。这件事想来想去，她觉得还是暂时不要告诉朱小辉，就让他一直"爽"下去吧。

还记得刚恋爱时，乔美琪认为互相坦诚是两个人走下去的关键，而现在她觉得在婚姻中相处，两个人不知不觉中便有了秘密，相互遮掩。也许是不经意的，也许是刻意的，但只有这样才能让婚姻维持下去。家庭生活安定和谐了，事业上才能全情投入。通过一段时间的努力付出，乔美琪终于在职场上找回了少许当年的感觉，但从工作强度和员工们的投入氛围上而言自然不能同日而语。周凌问她为什么，她道，生活节奏本来就比北京慢，压力没那么大，大家的主要目标并不是赚很多钱，而是过舒心日子。其实这也正常，毕竟薪资和发展机会都没有北京职场那么诱惑，充满多种可能性。周凌沉吟道，你觉得提高薪资水平呢？能不能刺激到？她道，那也是暂时的，大环境在这儿摆着。他道，我也不是那种非要加班加点、榨取剩余价值的老板，而且那种方式也不健康，不适合咱们这种企业。但要发挥每个人的最大潜能，应该没错吧？乔美琪道，Of course。周凌笑道，其实我野心很大，我想让企业走向全国甚至国际，以后在北上广这些大城市都要设立办事处或是分公司。你愿意去北京吗？乔美琪想了想道，愿意。周凌道，那好，等一切准备好了就派你过去打响第一枪。

看过乔美琪给周凌打理的企业公众号之后，朱小辉问她，你能帮我们的涌蓝纯净水也做一下公众号吗？不用发太多信息，每周一两次就行。乔美琪道，我帮你问问，我认识不少这方面的新媒体平台。朱小辉诧异道，你和你的同事来做不行吗？她道，我们哪有时间？再说，我们不是第三方的性质，只能做农场这一个号。他道，多少钱我们照付不可以吗？她解释道，不是钱的问题，这是行业规则。如果还在原来那个公司，当然可以给你做。现在接了你的活儿就和假公济私差不多，让周凌知道了更不好。朱小辉嗤出一声冷笑，是吗？你对你们老板还真是忠心耿耿啊！乔美琪假装没听出他的冷嘲热讽，放心，我会给你找个合适的第三方。朱小辉道，你是不是瞧不起我们这种白手起家的小企业？乔美琪道，你说什么呢？简直是无理取闹。朱小辉道，我看就是，你从没喝过我拿回家的纯净水。明明家里有，你还要买农夫山泉屈臣氏西藏冰川，就跟我们产的水有毒似的。那可是你老公厂子里的水，家人都不喝，别人还怎么信服？乔美琪不由得提高声音道，那是我的个人习惯，难道我不吃臭豆腐，你卖臭豆腐，我就非要吃吗？你讲不讲理？

朱小辉把手机往沙发上一扔道，我们产的又不是臭豆腐，你什么意思？乔美琪道，我没别的意思，只有心理自卑的人才会多想。他道，我就是多想了，怎么着吧？她斜睨着朱小辉，心想这个人还真是可怜，就像他爹一样可怜，两个人的敏感和自卑一脉相承。幸亏自己不想再生孩子了，万一生了儿子也遗传到这种秉性该是多么可悲啊！她道，你怎么想是你的事，我管不着。但我明确告诉你，不是你想的那样，而且我不想和你吵架。朱小辉想着自己辛辛苦苦创业，起早贪黑，受过多少苦，吃过多少瘪，装过多少孙子，腿都累细了，多少次不想笑的时候非要强颜欢笑。他这么拼命还不就是为了有一天能在人前抬头挺胸吗？为了有一天能证明自己不是个废柴？为了让老婆和家人过上好日子吗？可到头来怎么还要被老婆轻视？一想到此，他悲从中来，不由得吼道，我他妈的也不想！

他扭曲的脸孔仿佛从嘴唇处撕裂一般，乔美琪被吓住了，心扑扑乱跳一阵。她盯着他的脸，还有他身后不远处的那堆涌蓝纯净水，一股深深的无助和悲凉从心间腾起。他发怒的样子与其说让她害怕倒不如说是厌恶，她有点儿受够了眼前这个玻璃心的男人。虽然在恋爱那阵她就发现了这个苗头，但她告诉自己这不算什么，谁还没有点儿心理问题，又不是什么大毛病。可远道没轻载，再小的毛病也架不住朝夕相处，翻来覆去的折磨，终有一日会将对方的耐性磨到极限。离婚这个念头第一次浮上了心头，这个想法让乔美琪的胸口抽筋似的痛，她强压住怒气，才没有说出这两个字。而此时，到楼下带孩子遛弯的朱母正好开门进来，俩人不得不强行恢复一团和气的模样，仿佛什么都没发生过。

朱晨兮攥着一瓶酸奶，已经喝没了还在用力吸着。女儿走到乔美琪身边，后者一把夺过酸奶瓶子，看了看，明显是婆婆买的，便对婆婆道，妈，以后您尽量别给她买酸奶。酸奶喝多了容易得龋齿，对胃也不好，胀气。就算买也别买这个牌子，多花几块钱买好点儿的。家里不是有我给她买的吗？婆婆道，家里的不够甜，她不爱喝。乔美琪道，这个就是添加了太多糖才齁甜，以后她喝惯了，更不喝优质的了。朱小辉道，行啦，她爱喝就让她喝，有什么大不了的。再说，以后七八岁了还得换牙呢，怕什么？乔美琪道，我这是为了她好，好习惯就得从小养成。小孩子肯定都喜欢甜的，但不能纵容她。垃圾食品吃惯了，以后再想戒可就难了，好的品味就得从小培养。朱小辉道，她才多大，哪里就谈到品味了？还不如爱吃什么就给她吃什么，哪有这么大点儿就约束她的？

乔美琪哼了一声，想起朱小辉自从回到老家后几乎每周都要喝一次棒子面粥，熬那种粥总会把锅弄得黏黏糊糊，而且溢得到处都是，所以乔美琪不愿意给他做。自从婆婆来了以后，朱小辉想喝粥，便有人给他熬了。乔美琪从来不喝，她小时候也没喝过，但朱小辉在北京时就曾经跟她抱怨过北京的早餐里为什么没有棒子面粥。所以说，一个人小时候接触的东西不管好的坏的往往会成为他无法忘怀的记忆或执念，那是植入骨子里的东西，没法改变的。想到这儿，乔美琪笑道，难道让她跟你似的，长大了天天想着棒子面粥？不能不说乔美琪语气中取笑的意味特别明显，在朱小辉听来尤其刺耳。他一直都瞧不上乔美琪及其父母身上那种没来由的优越感和装腔作势的自命不凡，于是冷笑一声道，棒子面粥怎么了？你还不是爱啃煮玉米，谁比谁高级多少？看不上我你现在走也不晚啊！乔美琪没想到他会反应这么大，只道，你说什么呢？孩子小，她现在什么都不懂，更没有自制力，当然要管了。你以为是为她好，其实还不是害了她，以后牙疼了就怪你。朱母从厨房探出身子，打圆场道，行啦，你俩一人少说一句，又不是什么大事。小美，以后我不给她买了，放心吧。

被夺去了酸奶瓶，朱晨兮倒是没哭，只是皱皱眉头，随后朝朱小辉伸手道，手机，要，我要。大人经常在孩子面前玩手机，孩子不知不觉间就对它产生了兴趣。朱小彤家的老大玩起手机来比朱父朱母都要强得多，甚至还一度迷上了"王者荣耀"和"迷你世界"等游戏。朱小辉将手机塞到女儿手里，她自然还不懂得如何玩，小小的手指在屏幕上一阵乱滑。几分钟后，乔美琪将手机抢过去，扔给朱小辉，抱起女儿道，晨兮，和妈妈一起去看图画书好不好？里面有老虎大象，还有香蕉苹果大鸭梨，还记得吗？朱晨兮对手机的兴趣还很浓厚，她高声且坚决地叫着，不要，不——朱小辉道，算了，让她轻松会儿吧，等她大点儿再教她。乔美琪道，不行，不能让她从小就玩手机，以后耽误学习。朱小辉道，你就不能顺其自然吗？她才多大？乔美琪道，不行，孩子的潜能就得从小开发，你去网上看看，人家那些作曲家六七岁就会弹钢琴，八九岁就能作曲。朱小辉仰面躺在沙发上道，得了吧，人出名以后，童年都是传奇，都是神话，这你也信？乔美琪抱起嗷嗷叫的朱晨兮进了书房，随后关了门，只听朱晨兮一番高声尖叫的抗议，却最终无效，只得偃旗息鼓。朱小辉摇摇头，叹了口气。

晚饭时，朱小辉和乔美琪坐在一面，对面坐着朱母和朱晨兮。朱晨兮一周岁时便断了奶，眼下主要吃辅食，偶尔也会喝奶粉解解馋。她还用不好筷子，主要靠大人喂饭，筷子在她手里和指挥棒差不多，想吃哪个就指哪个。朱母往她嘴里送了一勺蔬菜粥，里面有鸡肉末。她吃得挺欢乐，小嘴吧唧着。乔美琪眼含爱意地注视着她，眼角的余光瞥见了同样在进食的朱母。猛然间，她发现女儿的眉眼、脸型、嘴角的弧度甚至神态都和婆婆极其相似，简直就是幼儿版的婆婆，或者说婆婆就是女儿的老年版。这个发现让她心里一惊又一凉，隔代遗传这种事她听说过，"孩子由谁带大的就像谁"这种类似的论调她也听说过。起初她并未当回事，但此刻，她竟有些后知后觉的害怕，同时还有对女儿的愧疚。仔细算下来，女儿和婆婆在一起的时间确实比和自己在一起的时间多，小孩子不知不觉中就会受到影响，也许自己该多挤出一些时间和女儿相处，尽量矫正她从婆婆身上学到的那些东西。对于婆婆，她说不上讨厌，但女儿长得像婆婆，她打从心底无法接受。好在再有个一年半载，朱晨兮就能上幼儿园，和婆婆相处得少了，情况应该能好转。长相无法改变，乔美琪想，只能从气质和学识等方面来塑造女儿，她一定得时刻注意着，要尽最大努力给女儿营造健康的环境。她绝不允许女儿拥有朱小辉父子身上的缺点，即便她的血管里流淌着和他们一样的血。

·26·

自上次短暂出现一晚又再度消失之后，张轩便一直没有再出现。朱小彤起初时不时给他打个电话，但十次往往有八次无人接听，或是提示在通话中——她当然知道这是被张轩直接挂断了。后来，她就很少再跟他联系，就像这个人从生活中消失了一样，直到有一天她接到了一个陌生电话。对方首先问她是不是张轩的妻子，朱小彤反问对方是谁。对方没有回答，而是继续问，你是朱小彤吧？朱小彤纳闷对方怎么会知道自己的名字，口气不由变得警惕起来，你到底是什么人？对方道，是这样，您老公在某某金融平台贷了一万六千块的款子，现在已经逾期了。但是我们联系不到他，麻烦你转告他，让他尽快还上贷款、利息和违约金。朱小彤道，我不知道这件事，我也联系不上他。对方重复了一遍张轩的手机号道，这是他的号吗？朱小彤道，对。对方问，还有别的联系方式吗？朱小彤道，没有，微信联系呗。对方道，他把我们拉黑了。朱小彤道，那我也没办法了，我真联系不上他，他已经好久没回家了。对方道，那你替他还吧。朱小彤道，又不是我借的，你们找他要去，我不管。对方义正词严道，如果再不还的话，我们将追究刑事责任。朱小彤道，爱怎样就怎样，你们找他吧。说完，她挂了电话。让她没想到的是过了几天，这个追债电话又打了过来，还是那套说辞，只是比上次更加不客气，朱小彤也没跟对方客气，直接挂断拉黑。随后一段时间，她接了好多个类似的追债电话。据不完全统计，张轩大概在四五个网贷平台借了钱，凑够了当初的加盟费。不只她一个人，还有很多亲戚和朋友，比如朱小辉、乔美琪等人，只要在张轩的电话通讯录里留有号码的人都接到了追债电话。这类电话接得多了，朱小彤便不再当回事，兵来将挡，接一个拉黑一个，慢慢也就消停了。可让她没想到的是突然有一天，竟然有几个人找上了门。

前不久她辞掉了超市的工作，一门心思研究如何拍视频，并和住在市里的几个红人组成了合拍小组，准备量化产出各类视频，未来还将组建工作室，招兵买马，让这件事更加专业、多元，以便接到更多品类的植入，赚更多的钱。那天上午，她刚刚把两个孩子送进学校，才进小区，就看见三个鬼祟之人站在单元门口合计着什么。那几个人见她来了，马上收声，直接随她进了单元门。没有门禁，进了电梯后，那几个人也摁了六层。朱小彤有一种直觉，这些人是冲着她来的，她没有拿钥匙进家门，而是敲开了对门的门。对门的老大姐和她很熟。开门后，朱小彤装出一家人的模样，叫着姐，并迅速使了一个眼色。进门后，她从猫眼往外瞧，只见那几个人站在自己家门前敲门。朱小彤拉着老大姐进了房间，跟她简单交代了一番。那几个人一直没有放弃，后来老大姐开了门，对他们说，别敲了你们，太吵了。其中一个人问道，这家人是姓张吗？老大姐道，以前是，他们把房子卖了，搬走了。另一个人问，那您知道搬到哪里了吗？老大姐问，你们是什么人？那人道，他们以前的朋友。老大姐道，那就打电话联系吧，我不清楚，我跟他们不熟。又一个人道，来晚了，怎么办？老大姐道，你们赶紧走，别在这儿闹，我爸有心脏病，需要安静。那几个人合计一番，这才不甘心地下了楼。朱小彤在窗口看着，一直等到这三个人出了小区，她才回到自己家。

朱小彤感觉这些人还会再来第二次乃至第三次，她在网上搜索过此类事件，得知他们只是第三方，并非网贷平台的负责人，主要手段就是威胁，催债成功，就能获得提成。和家里人商量一番后，朱小辉觉得还是应该把张轩找回来。既然借了钱，就应该还上，把这件事彻底了结，以后才不会再出乱子。朱小彤道，我不想跟他过了，这人算是废了。朱小辉道，也没那么严重吧，他本质不坏。这也不是他的错，只是走了歪路。朱父道，你可要想好了，离婚没那么简单，就算离了，以后再找，也没那么容易。朱小彤道，我现在不就跟离婚一样吗？我觉得他不在家，就我和孩子们一起过也不错。朱母也道，还是想办法把他弄回来，然后再说以后的事。看看他的表现，要是能回到正轨，当然更好；要是实在过不到一块，也只能离婚。乔美琪是赞成离婚的，尽管她觉得如果是自己碰到这种事，她很可能会想办法扭转对方，但前提是对方必须是自己爱过的人。而像小姑子和张轩这种情况，好像离婚才是唯一的选择。以前她不明白为什么很多中国夫妻一旦离了婚就跟陌生人一样，现在她有点儿懂了。说到底，两个人只是为了结婚而结婚，为了繁衍后代而发生性关系，彼此之间没有爱，没有感情，之所以结合只是因为适合结婚。一旦其中一个人失去了这种能力（比如张轩这种或是其他意外伤害造成残疾，或是婚后发现无生育能力），那另一个便会义无反顾地离开，一切都以实用主义为准则，即便是之前在一起生活了那么多年的情分亦能一笔勾销。

朱小彤试着打电话给张轩，对方却不肯接听。她只得给他发微信，将最近发生的事情跟他讲清楚。最后没忍住，她还是跟他说，等你回来，我们离婚吧。等了几日，张轩一直没有回复。朱小彤找到中介，想将自己的房子挂牌出售，但房产证上写的是两个人的名字，她没有这个权利，而住在这里又不踏实，几乎每天都要担心那些讨债的人会突然上门。

那天，朱小彤去学校接孩子，发现儿子不像往常那么高兴，拉着一张小脸，明显有心事。她问儿子怎么了，他紧闭着小嘴巴，歪头看向窗外，带着明显的情绪。女儿倒和往常一样兴奋，说着今天班上发生的趣事。突然，儿子道，别说了，烦人。女儿被吓了一跳，立马噤若寒蝉。朱小彤道，怎么跟妹妹说话呢？看把她吓得，你今天到底怎么回事？说着，她将汽车拐到路边的一条胡同，暂时靠边停下，解开安全带，扭身面对着儿子，并将他的身体扳过来。儿子眨巴着大眼睛，露出委屈的表情，接着问，妈妈，爸爸是不要我们了吗？朱小彤一愣，想了想才问，谁说的？儿子道，没人说，我猜的。朱小彤安慰道，不会的，爸爸还是很喜欢你和妹妹的。儿子道，那为什么他这么久不回来，也不打电话，不跟我们视频聊天？朱小彤道，你爸现在有点儿事，忙完了他就回来。儿子问，真的吗？她道，真的。他又问，你们……离婚吗？她又一愣，谁告诉你我们要离婚的？他道，没人。朱小彤觉得还是不要欺骗孩子比较好，她认真地说，有这个可能。儿子问，不离不行吗？她摸摸儿子的脸，他已经渐渐长大了，一些事一些感情他都渐渐明白了。她不想再像哄小孩那样欺骗他，而是尽可能努力地解释道，放心，就算离了婚，爸妈也一样喜欢你们。儿子没有再追问下去，朱小彤心想，那就再给张轩一次机会，如果他在一个月内联系了她，并且愿意尝试回到从前，那她就试试看；否则她坚决离婚，就算是为了孩子，那也得离。

· 27 ·

端午节假期，朱、乔二人带着朱晨兮到北京玩了将近三天。当天上午，他们直接去了动物园，吃过午饭后到酒店办理入住，休息片刻又去了天安门和北海公园，划了船。次日上午，主要在鸟巢和奥林匹克森林公园游玩，给朱晨兮拍了不少照片。这是她第一次来北京，又吃又玩，很是开心。乔美琪想，以后应该多带她到大城市来玩才对。来之前她便告知了罗勒，希望有时间能见见她。罗勒和她约在他们临走前的那个下午见面，本来说在外面见，但罗勒得知她一家三口都来了之后，便邀请他们去她家里，并且准备了晚餐。说反正唐山也不远，现在白天又长，八点钟天才黑呢，吃完饭再回去也可以。盛情难却，而且乔美琪还没去过罗勒家，她很想看看。尽管朱小辉不太愿意，但她还是说服了他。出发前，想着罗勒的孩子比朱晨兮大不了多少，便在颐堤港那边的乐高店买了一套玩具，花了近千块。朱小辉抱怨道，有必要买那么贵的吗？乔美琪道，当然！她可是我最好的朋友。朱小辉道，你少说了"曾经"俩字吧。乔美琪道，就算是曾经，情分也在呢，她值得我花这么多钱。真的，钱算什么？朋友最重要。朱小辉撇撇嘴，没再说什么。

罗勒家在东南三环附近的一处住宅区，外表看起来已不算新，而且周围高楼林立，愈发显得这些低层建筑宛如迟暮美人。可当车子开进小区后，他们才发现里面别有洞天。住宅周围一圈高高的白杨将外界的喧嚣隔离在外，其中杂花生树，中间有一带宽阔齐整的草坪，异常清静，犹如世外桃源。停好车，三人下了车，朱小辉领着女儿，乔美琪抱着玩具。还没走到楼门前，便看见了前来迎接他们的罗勒和她的丈夫以及儿子。乔美琪将玩具塞到朱小辉怀里，张开双臂和罗勒抱了好一会儿才松开。两人端详着对方，不约而同道，胖了。随后哈哈大笑，笑到眼角闪着泪光。罗勒拉着她往家里走，人高马大的澳洲男人熟练地招呼着朱小辉和朱晨兮跟在后面。进了电梯，到了九层，也就是顶层。进门后，朱小辉才发现原来是跃层，空间很大，家居奢华。乔美琪环视四周，啧啧几声，对罗勒道，真不错，好腻害呀你！乔美琪嘴里蹦出的过了时的网络用语，令朱小辉很是听不惯，心想，你都多大岁数了，还真说得出口。乔美琪将玩具递给罗勒的儿子道，送你的，也不知道你喜不喜欢。男孩大大方方地收下，并道，谢谢阿姨。乔美琪道，真懂礼貌。罗勒道，告诉阿姨你叫什么。男孩道，我叫奥利弗。乔美琪道，哟，好名字。罗勒望着朱晨兮道，这是朱晨兮吧？朱晨兮害羞地看着罗勒，之后躲到乔美琪身后。乔美琪把她拉出来道，阿姨问你话呢。朱晨兮还是不答言。乔美琪只得替女儿解围道，眼生。罗勒笑笑道，不怕，待会儿就熟了。奥利弗，带妹妹去楼上玩好不好？奥利弗走过去，拉朱晨兮的手，后者迟疑片刻，到底跟着他上了楼。一位保姆模样的人在后面护送着两个孩子。

两个男人坐到了沙发上吃水果、小吃，喝东西。罗勒则带着乔美琪到房子各处转了转，重点是衣帽间和健身室，其余连带厨房、卫生间和二楼的露台也瞄了几眼。乔美琪不时发出赞叹道，好大，好华丽啊！罗勒满足地看着她说，就是收拾起来费工夫。乔美琪道，反正不用你收拾，你现在还上班吗？罗勒带着她边下楼边道，当然上啦。俩人来到客厅，坐到各自的老公身旁。乔美琪马上拿起车厘子，放进嘴里道，我就爱吃这个。罗勒道，知道你爱吃。接着乔美琪又吃了各样水果和点心，朱小辉道，你少吃点儿，一会儿还吃饭呢。罗勒笑道，你知道吗？小间和他室友准备回国了，说以后回北京请咱们吃饭。乔美琪道，是吗？我现在很少看朋友圈。罗勒道，他们也没发，我现在看得也少。那个小鸣，你还记得吗？乔美琪道，当然记得，那个家伙。罗勒道，他还真是个变态哎！

乔美琪摆出愿闻其详的八卦脸。罗勒接着道，他从我这里领养了一只猫，一周后我让人去回访，他百般阻挠，就是不露面。后来我们直接去他住的地方等着，结果发现他是个虐杀小动物的变态，领养了不知多少小猫小狗，最后都被他弄死了。他租的那个小区的清洁工说几乎每天都能在垃圾箱里看到死猫死狗，每一只都死得特别惨。有的被扎了眼睛，有的被割断了腿儿。乔美琪道，你怎么知道这些细节的？罗勒道，他虐杀的时候既拍照又拍视频，还直播，我们一气之下在网上曝光了他。乔美琪道，真没想到，他竟然是这种人。罗勒道，他是把他养父对他的打骂都如法炮制在了小动物身上，心理扭曲。乔美琪道，那他还在那公司吗？罗勒道，早被辞了，那事情闹得很大。虽然法律没有规定，我们也拿他束手无策，但哪个公司敢招这样的人？保不齐他以后会做出更可怕的事。估计工作不好找吧，反正后来就没他消息了。朱小辉道，他也挺可怜的。罗勒道，可怜个屁，他是罪有应得。

乔美琪支开朱小辉道，你去楼上看看晨兮，我们聊天你少插嘴。她想起了婆婆家的小黑，如果罗勒知道她嫁给了一家吃自家狗的肉的人，会不会当即发飙，将他们赶出去？很有可能。朱小辉起身离开，罗勒的老公也跟了上去。乔美琪告知罗勒，说她领养的小狗自从有了孩子后就放在了妈妈家，现在过得很好，她打算等朱晨兮再大些就抱回来。罗勒道，交给你我放心。乔美琪又问羊羊的近况，罗勒说，她也有男友了，我见过一次，正热恋呢。乔美琪道，挺好，都是越来越好。罗勒道，你呢？婚姻生活还行吧？和婆婆处得怎么样？乔美琪道，就那样吧，得过且过。反正我现在的心思都在工作和女儿身上，别的事我懒得想。见她不愿多说，罗勒也识趣地不再多问。这时，忽然听见楼上传来小孩子的哭声，仔细听，是朱晨兮的。乔美琪连忙起身上楼，罗勒紧跟其后。上来后，只见女儿掩面大哭，乔美琪赶紧过去哄，质问朱小辉，你怎么看孩子的？朱小辉道，我在那边聊天呢，没注意到，刚才玩得还挺好。罗勒询问儿子，这才明白是因为玩具。朱晨兮想玩那个飞机模型，但她不会操作，奥利弗抢过来给她开按钮，她以为是不给她玩，便哭了。罗勒忙把遥控器塞到朱晨兮手中，让她玩，但她说什么都不再玩，像是被伤了自尊。乔美琪问她，你还想玩吗？说话，别只知道哭！见女儿这个样子，乔美琪不由得来气。罗勒道，把这个拿走吧。又对奥利弗说，把这个飞机送给小妹妹，好吗？奥利弗似乎不太舍得，但还是点了头。朱小辉忙道，不用，我们家有。她就是贱，看人家玩她就非得玩，又不是多好的东西。乔美琪瞪了朱小辉一眼。

吃过丰盛的晚餐，罗勒一家送乔美琪他们上了车。她叮嘱乔美琪以后常来玩，目送着他们的车子出了小区才转身往回走。乔美琪不断朝他们挥手，车子拐了弯，朱小辉道，行了，别挥了，看不见啦。乔美琪带着一脸意犹未尽的笑，茫然地望着挡风玻璃，仿佛那是一堵隔绝了外界的墙，心底升起一股依恋。她不由得想，如果当初她没有离开北京，现在会怎样。这一趟故地重游，她一点儿都不觉得陌生。虽然很多地方都有变化，但这里竟然比唐山更让她有归属感。尽管在这里除了几个"曾经"的朋友，什么都没有——没房没车没家人。当他们经过劲松桥、双井桥、建外SOHO、大望路、通惠河、华贸、四惠，每一处都让她触景生情。她对女儿说，看那座大楼，妈妈以前就在那里上班；看那个挂着灯笼的饭馆，我以前总在那里吃鱼头泡饼；看那个商场，里面有非常好玩的蹦蹦床，下次妈妈带你去玩……朱小辉从没像现在这样觉得乔美琪聒噪。他说，行了吧，过去的事总提它干吗？好汉不提当年勇，何况你还称不上好汉，你在北京混得也就那样儿。他这么说并非说明他在这里没有回忆，但与乔美琪不同，他记得最清楚的多是北京带给他的伤痛和教训。他从不觉得北京是个浪漫之都，和许多大城市一样，北京只认钱不认人，赚不到钱什么都不是。大多数人还不就是一高级点儿的民工吗？名义上为梦想打拼，实际上不就是出卖灵魂和肉体，活得根本不像个人，有什么可骄傲的？哪里值得一而再再而三地追忆，并对什么都不懂的小孩子喋喋不休呢？

我也没说我混得好，但我有感情。那些日子里有我的青春和理想，我为此努力过。不管当时过得怎么样，永远都值得怀念。乔美琪道，你这种冷血的人，当然不懂了。

我冷血？朱小辉反问之后，停顿了片刻。等到拐上京哈高速后，他才又接着道，我确实冷血，我是个理智的人，我从来不会美化过去。你这么喜欢北京，难道你还愿意做北漂？

这话算是问到点子上了。乔美琪心想，她一直还没有和朱小辉提起周凌要在北京设立办事处并打算派她常驻的事，也许现在是个好时机。她道，不仅愿意，而且用不了多久，很可能成真。接着，她把那件事简单做了陈述，并道，估计顶多再等半年。

你就这么答应他了？朱小辉道，为什么不事先和我商量一下？

和你商量得着吗？她理直气壮。

废话。朱小辉从后视镜里白了一眼乔美琪道，你要来北京，家里怎么办？

我早就想过了。乔美琪道，你也可以把业务往北京拓展啊。咱们一家人全都搬到北京，把现在的房子卖了。让女儿在北京上幼儿园上小学中学大学，将来再让她留学。你觉得呢？

你在做梦吗？朱小辉鄙视道，这想法未免太不现实了，我好不容易在老家站住了脚，凭什么再做回北漂？往北京拓展业务，你说得可真简单。北京市场竞争多激烈啊，那里一个熟人都没有，一个全新的品牌怎么可能发展得起来？再说，我好不容易才在老家闯出一番天地，就这么放弃了？您还真是异想天开，叫我说什么好呢！

你不来我来。乔美琪早猜到他不会同意，又说，我这也是为了女儿着想。你不会想让咱女儿从小到大一直在唐山上学吧？那她还能考到好学校吗？将来还能留学吗？

谁说非要留学，不留学就活不了了？难道你想让她像你哥一样出了国再也不回来？

那也未尝不可，只要她愿意，她开心。

得了吧，我可不想白养她一场。朱小辉道。

你也是受过高等教育的人，在北京也生活了那么多年，思想咋还这么不开化？生儿育女是为了防老吗？一直把他们拴在身边陪着你，你才高兴？你自己就不能有点儿追求，非得把自己的快乐和消遣建立在绑架他人幸福和自由的基础上？

哟，能别说得那么书面吗？我根本听不懂。反正我就是小家子气，我就觉得平安、健康、快乐最重要，一家人整整齐齐在一起，享受天伦之乐最难得。朱小辉道，再说，我觉得平凡没什么不好，干吗非得拼了命往上爬？难道非要出人头地，混成所谓的上等人才有意义？

说来说去，其实你就是害怕失败，不敢挑战。乔美琪扬扬自得，她觉得自己一针见血。

我不能怕失败吗？我不敢挑战有错吗？朱小辉道，我知道你从一开始就看不上我，从来都是带着偏见看待我和我的家人，我和他们在你眼里都是扶不上墙的烂泥。你自认为客观、一视同仁，其实你根本不懂得尊重人。在你心里，早就把人分成了三六九等，而我们就是你最瞧不上的那一类。可你呢，偏偏又嫁给了我，还生了孩子，你骑虎难下，还总想着把我往高处拉，让我跟你成为一类人。你觉得这可能吗？

乔美琪脸色大变，并非因为朱小辉把她看得这么透——她并不认为他的看法是对的，让她感到心塞的是原来朱小辉对她早有了意见却什么都不说，表面上对她还挺好的，和她过日子、睡觉、做爱——哦，现在她悟了，他和她做爱并非出于欲望和真心，他只是想让她给他生孩子，幸好她早有准备，否则还真成了他的生育工具。想到这儿，她只觉得不寒而栗，但她不想让朱小辉看出她害怕或是动摇，遂坚定地说，我不管，反正我要去北京。

·28·

因为在开车，为安全着想，再激动和愤怒，朱小辉还是得拼命克制着，不仅不能有手势和动作，就连声音的发挥也受到了影响，从而使得两个人的争吵无比文明。虽然句句戳心，却像两个律师在为事不关己的第三方辩护一样，始终恪守着应有的职业规范。在乔美琪表明一意孤行的心迹后，两个人突然沉默了。朱晨兮睡着了，冷气开得太足，乔美琪把外套盖在她身上，心想一定要带女儿来北京，给她创造更为优越的环境。烂醉般的夕照穿过后面的玻璃，照着朱小辉的后脑勺。这种沉默并非宁静从容的，而是长了爪子似的，在两个人的心里东抓西挠，让他们不得安生，可是谁都不再说话。一直到下高速，进了市区，到了家楼下，朱小辉开了车门。朱晨兮已经醒了，跟着乔美琪下了车。朱小辉没有下车，等到乔美琪和女儿转身离开，他倒车，开出了小区。朱晨兮问，爸爸去哪儿？乔美琪道，别管他，咱们回家。

能去哪里呢？朱小辉在小区附近转了一圈，习惯性地往水厂开去。等到厂子时，员工们早已下班，一个人都没有。在唯一的简陋办公室里有张单人床，他躺下，闭上眼睛。毫无睡意，干脆开了灯，看向窗外，窗外一片漆黑，什么都看不见。山村里的夜晚安静得犹如坟场，连鸟声和虫鸣都没有，只偶尔传来遥遥的狗吠声，不真切得让人怀疑是幻听。朱小辉望着映在窗玻璃中自己那张木然的脸，想着和乔美琪一路走来，为了能和她好好在一起，为了创造优渥的物质条件，为了让她快乐，他一直都在小心翼翼地努力着。为他们的生活和未来，他辛苦地创业，对她几乎百依百顺，为了她不惜放弃自己的一些原则，放弃爱好和业余生活，甚至表面上敷衍父母，实际上还是和她一条心。可换来的是什么呢？她根本看不到他的心，不在乎他的付出，把这一切看成理所当然。越想越愤愤不平，他攥起拳头捶了一下床栏杆，自言自语道，我待她不错啊，我没有什么地方对不起她啊，为什么她还要这样？

直等到零点，乔美琪才确定朱小辉不会回来睡了。他能去哪里呢？婆婆问她时，她只说他厂子里有事，不回来了。这是他婚后第一次夜不归宿，宛如一纸声明，可写的是什么，她不清楚，也不想弄清楚。翻来覆去睡不着，这次吵架她已在脑子里回放了好几遍，她觉得自己没有错。按照目前的社会发展态势，力争上游的想法既正常又必要，而朱小辉这种自暴自弃、小富即安的人即使不会被社会淘汰，也将永远处在底层。也许他的物质生活能够达到平均甚至以上的水平，可他的精神世界一片荒芜。她对生活、对自己有着严格的要求，是从内心出发的。她站在高处不是为了让别人仰望，她只是想看得更远、更真切，而不是浑浑噩噩，只为眼前的苟且而忙碌，她需要清醒且诗意的精神生活。但在朱小辉眼中，她却成了那种追求虚荣为了别人而活的人，她怎么可能那么肤浅？哎，我算是白认得他了。乔美琪内心不胜唏嘘，原来她以为两个人生活在一起久了就能相互了解，实际上他们也确实有过了解，但他们并没有接受彼此的不一样，反而因此渐行渐远。她无声地叹息，随后闭上了眼睛。

朱小辉和乔美琪还在一个屋檐下过着，有时还在一张床上睡，空气里却是刺骨的冷漠。他夜不归宿时去了哪里，乔美琪从来不过问。起初她很好奇，但不想让他以为她在乎他，遂拼命压下了想问他的念头。次数一多，连她也相信自己对他的去向漠不关心了。渐渐地，他不在家里倒成了常态，一旦他回家过夜反而让她无所适从，不知该如何面对。为了避免与他同处一室，下班一回到家她就带着女儿出去玩，去公园，去商场，或者在外面兜风，反正就是快到睡觉时间再回家。两人并非不说话，但能不说尽量不说，或者让婆婆甚至女儿当传话筒。比如朱小辉想找指甲刀，便会对女儿说，晨兮，爸爸想剪指甲，你知道指甲刀在哪儿吗？朱晨兮就会去问妈妈，乔美琪大声道，床头柜中间那个抽屉。从这一点来看，他们俩还是挺有默契的，心照不宣地与对方僵持着。

这样的日子倏忽间就过了一个多月，乔美琪一天比一天心安理得，一晚比一晚习以为常。本来她设想过多种可能，比如离婚、和解，可就是只没想到竟然能这样维持下去。先前她确实期盼着峰回路转或是一拍两散，亟待有个了断。可现在她已无所谓了，也许如此冷战下去也没什么可怕的，慢慢消磨着彼此的意志，就看谁先承受不住吧。让她没想到的是最先受不了的人是婆婆和妈妈。朱母再迟钝，时间一长，也看出些许端倪。乔母虽然只在周末过来，和朱小辉见不到几面，但她也看出了女儿和女婿之间有了问题。那天，朱母在楼下带孩子时刚好遇见乔母，得知她特意过来找她，便一同上楼，就各自发现的问题互通有无，交换意见。一番讨论后，她们决定各自劝说自己的孩子，帮他们打开心结。若一直这样下去，就算本来是小事儿，也可能变成大事；本来是假的，最终也可能成为真的。

乔母问女儿到底和朱小辉有什么矛盾，乔美琪想了想道，说不好，就是觉得不合适。乔母道，早干吗去了？孩子都两岁了，你才说不合适。乔美琪道，您也不用这么说我，难道您和我爸就没矛盾？您扪心自问，就没想过和他离婚？

乔母道，我估计再和美的夫妻也想过离婚，可也不见得就真离！冷战不能解决问题。乔美琪便把那天从北京回来时吵架的事说了。乔母听后，叹道，算了吧，又不是什么大事。去北京工作的事我看你就别想了，才站住脚你又折腾个什么劲儿？乔美琪道，我不是为了我，我是为了朱晨兮。乔母道，她还小呢，机会有的是，幼儿园、小学、中学在咱们这儿就不能上了？就没好学校了？再说，你还不知道她学习怎么样，到时看她的成绩再计划也不晚。乔美琪不说话，乔母语重心长道，你知不知道，自从你回了老家，又有了朱晨兮之后，你爸过得有多开心？你真要走了，他能受得了吗？

朱母不太擅长说服人，她把儿子叫回家，让朱父教育他。朱小辉不想把深层原因告诉父母，他觉得那太伤人，对父母对乔美琪都不好，因此只把矛盾归结为"一个人想去北京发展一个人想留下来"。朱父问，她怎么还没怀孕？你是不是没按照我上次说的去做？朱小辉道，做了，我也不知道为什么，就是一直没动静。朱父道，说明做得还不够，既然你不想让她去北京，那就让她怀孕，她就去不成了。朱小辉心想父亲是太天真呢，还是想孙子想得着了魔呢？如今的女人怎么可能因为怀孕而耽误自己的前程！他道，没那么简单，难道在北京就不能生孩子了？朱父道，你傻啊，她真要怀了孕，你丈母娘就不会让她去北京，到时我们再劝几句，她就心软了。等到生了孩子，还要带孩子，她一个人在北京怎么带？还不得乖乖留在家。朱父接着嘱咐道，矛盾归矛盾，孩子该生还得生。你看你大姑大姑夫打从结婚那天起就合不来，可也没耽误正经事，一个接一个，生了俩儿子俩闺女。结婚又不是为了谈情说爱，生儿育女最重要。办了这些事，归根结底还是得自己找乐子，对方不过是搭伙过日子。朱母听了，不屑道，有你这么跟孩子说话的吗？现在的女人哪有我这么想不开的！朱父不理她，继续道，听我的，回去说几句好话，尽快让她怀孕，就没这么多事了。

没办法，朱小辉只得听从父亲的建议，一回到家便和乔美琪道歉，说，如果你想去北京工作就去吧，我绝不做你的绊脚石。但我一时半会儿肯定不能转移阵地，我得从长计议。其实，两个人早就不生气了，经过父母一劝，也都有了借口和台阶下，毕竟谁都不想每天面对一张冷冰冰的脸。乔美琪道，我想过了，你去不去都行，我先一个人过去。女儿在这边先上幼儿园，以后我再想办法把她弄到北京上小学。反正再快也得三四个月后我才能去，公司在北京那边的配套设施要完善还得一段时间。三四个月，应该能让她怀上了，朱小辉暗想。

·29·

那些讨债的公司后来没有再上门，但之前买房时借钱给张轩和朱小彤的朋友和亲戚们相继来问朱小彤要钱。好事不出门，坏事传千里，当人们意识到张轩的不务正业使得这对年轻夫妇的婚姻岌岌可危时，首先想到的就是如何避免自身遭受不必要的钱财损失。那些借钱给他们的人在对朱小彤当下处境深表同情之余，全都或委婉或直接地提出让她尽快还钱。买房时，虽然从别处借了不少钱，但大头来自朱小辉和乔美琪，剩下的是张轩那边的几个亲戚朋友借的统共不过四万多块。这点儿钱对目前的朱小彤而言算不上什么，运气好的时候，接一笔商务合作的广告费就绰绰有余，因此没费吹灰之力便将这些外债还清了。但她觉得窝囊，明明是两个人一起借的钱，凭什么要她一个人还？朱小彤不想再这样毫无目的地等下去了，于是她在微信上给张轩下了最后通牒，告诉他已决定离婚。随后，朱小彤联系乔美琪，让她在市里帮忙租一套两居室，带上儿女搬了过去，顺便联系幼儿园和学校，以后让孩子们就近求学。

在唐山的生活为朱小彤打开了新世界的大门，尽管不是大城市，但不管哪方面都比县城强得多。随着对生活的逐渐适应，除了哥嫂，她也开始结交了一些新朋友，有了自己的交际圈子，那些人多是和她一样从事视频拍摄的网红。其中有一个专门以唐山方言走红的男性博主和朱小彤合拍过几次视频，反响还不错，有时两人会一块出去购物或是吃东西。虽然这个博主目前单身，可朱小彤对异性暂时没有任何想法，她只想赚更多的钱，照顾好儿女。但落在别人眼中，尤其是住在镇上和县城里的那些以前认识朱小彤但现在以及往后都可能再无交集的人眼里，事情就变了味儿，说什么难听话的都有。后来，这话传到了朱小彤的婆婆那里，她倒是很想掌控儿媳妇和孙子、孙女的生活，然而无能为力。关键在于她自己的儿子不争气，也只能任由儿媳妇搬走。现在，闲言碎语出来了，她觉得自己占了理，于是来到朱家，将道听途说的情况添油加醋一番反映给了亲家，让他们管管女儿。

那个周末，一家人吃过水果，在堂屋里开始了会谈。已经看过无数遍女儿账号的朱父对朱小彤道，你都是两个孩子的妈了，以后还是注意点儿影响，别总跟其他男人不清不楚的。看你扭扭捏捏拍的那些玩意，我看着都脸红，丢人现眼！朱小彤瞬间想发作，但碍于父亲的威严，她尽量心平气和地说，爸，外人怎么看、怎么说我，我都可以不当回事。但您闺女是什么样的人您自己心里还没数吗？干吗听别人的话，胳膊肘往外拐？朱小辉也道，爸，拍视频都是假的，为了好玩，为了点击量，这样才能赚人气、赚钱。您多看看，上面的人不都那么玩吗？有些人比我妹玩得还疯。朱父道，那都是不要脸的人，别人我管不了，自己的女儿还不能管？你这样不守妇道，以后谁还敢娶？以后我和你妈出去，还不叫人背后戳脊梁骨！朱小彤和朱小辉还没说话，乔美琪就先冷笑了几声。她望着坐在门槛上犹如一颗顽固的大门牙的公公,道,您怎么光想着您自己的脸面?那东西重要吗?比你闺女的幸福还重要?怎么就不想想她一个人带着两个孩子在外面闯荡有多不易?都什么年代了,难不成你还让我们女人三从四德?

这里哪有你说话的份儿?被儿媳妇一番教训,朱父脸上挂不住,火冒三丈,猛然起身道,这是我们朱家的事,你管不着。乔美琪道,我为什么管不着?我是你们家的儿媳妇,就算朱家的人,就有说话的权利。您这辈子就会指责别人,永远也不知道自己的错!

你有什么资格这么说我?别忘了我是你长辈,你竟敢这么跟我说话!我这么做还不是为了她好,你知道个屁!大概从来没有人敢如此挑战朱父的霸权,他气得红头涨脸、浑身发颤,一副沉痛的不被理解状,似乎受了天大的冤屈。他对儿子道,看看,这就是你娶的好媳妇,竟敢这么跟我说话。

美琪!朱小辉道,这里有你什么事儿?你就别添乱了。

我既然在场,就要发表意见。乔美琪道,别说为了她好我们好这种话了,你真的有设身处地为儿女考虑过吗?还不是从你的利益和角度出发,只为了你自己的脸面和家长权威着想。你根本不懂得尊重人、尊重别人的感情和选择,其实你是最自私的那一个!

行啦,美琪,我求求你别说了。朱母拉着她道,你公公也有他的难处。

您忘记他怎么打您了？忘了那么多年您是怎么过来的了吗？乔美琪道，干吗为他说话？

朱小辉赶紧上前，硬是把收不住的乔美琪拖到了里屋。朱父还在虚张声势地吼道，你以为你是谁？敢来教训老子？要不是看你是我儿子的媳妇，我早扇你了。你为这个家做过什么贡献？不就生了个丫头片子吗？

行啦，儿媳妇不懂事，你跟她置啥气？朱母劝道，咱们在说闺女！

一家人正吵得不可开交时，忽然从门外走进来一个人，大家顿时住了口，目光齐刷刷投向来者——不是别人，正是许久不曾露面的张轩。这一次他不像上次那般不修边幅，明显认真打理过，却也算不上精心。神态虽较之前正常许多，但从头到脚的一身穿戴，从眉宇间的气息到不自信的站姿，依然透露出一种与世隔绝的落伍感，仿佛在山中过了一日的烂柯人。每个人都在原地定定地呆了足有十多秒，面面相觑，欲言又止，最后还是张轩先开了口。他直接对朱小彤道，媳妇，咱们回去吧。朱小彤一愣，然后问，回哪儿？张轩道，当然是回家。她道，你现在终于想起有这个家了？晚啦。张轩立在门口，祈求的目光在众人脸上扫视一圈后再次回到朱小彤身上，说了一声对不起。朱小彤不为所动，眼前这个男人让她感觉无比陌生，他确实是两个孩子的爸爸，但他不是她的丈夫。她想起每次回奶奶家，爸爸都会指着奶奶住的老房子，说她和哥哥都在那里出生，并且她长到了三岁才离开。爸爸每次说起似乎都饱含深情，可她一点儿记忆都没有。眼下，她对张轩就像对那栋老房子的感觉差不多，毫无感情上的认知。她不仅怀疑，并且无法想象还能和他如同什么都没发生似的那样生活。她真的和他生活过吗？肯定是真的，不然孩子哪里来的？如果是真的，为什么会如此轻易就被抹杀了呢？看来并非什么刻骨铭心的时光，根本不值得再继续，至少不可能比她现在快乐、有存在感。于是她摇摇头，坚定地说，不可能了，张轩，我跟你没戏了。

张轩道，小彤，你别这样，以前是我财迷心窍，可我也是为了这个家好。我是好心办了坏事，我并没有伤害你，你就不能给我一次机会吗？说的同时，他主要看着朱父和朱母。朱父只得道，既然张轩回来了，也认识到错了，你就给他一次机会吧。朱母才想说话，张轩的母亲领着两个孩子上了门。朱小彤回家时没想把孩子交给婆婆，但朱母带着孩子去超市时恰好遇见张母。午饭后，张母就把两个孩子领走了。她毕竟是奶奶，朱小彤没理由也不忍心拒绝。孩子们见到妈妈，扑了上来，抱胳膊扯腿，扭股儿糖似的纠缠着。张母道，小彤，看在两个孩子的分上，你就原谅我们张轩吧。以后他再犯错，我就不管了，你爱咋样就咋样。

朱小彤觉得不能因为一时心软就放弃幸福的可能，于是道，你们都别说了，让我再想想。张轩看出了朱小彤眼中的决绝，那是一点儿情意都没有的冷漠。他道，你想离婚的话，没那么容易。朱小辉不爱听了，护着妹妹道，你想怎样？张轩道，等着瞧吧！说完，张轩拉着张母往外走。朱小彤追出去，赶上张轩道，既然话说开了，那我直说得了，这婚我是离定了。我希望你能像个男人一样敢作敢当，既然缘分已尽，不如好聚好散。张轩道，凭什么你想离我就得乖乖听话？朱小彤道，你气的是我先提出了离婚，你面子上不好看，担心以后找不到对象是不是？被看穿的张轩恼羞成怒道，你管我呢！朱小彤道，你一时可能无法接受，回去慢慢想吧，想好了再跟我联系。有什么条件你尽管提，我唯一的条件就是两个孩子都跟我。因为你养不起他们，你现在连工作都没有，还欠着那么多外债，你拿什么养活他们？要是你还有点儿良心，真心为孩子着想，你就答应我。说完，朱小彤拉着两个孩子回了房间，收拾东西准备回唐山。张轩想跟进去，乔美琪和朱小辉怕他有什么过激行为，赶紧拦住了他。朱父和朱母也跟着劝说了一番，才把张轩和张母弄走。

朱小彤拉着一双儿女，出了门，驱车离开。乔美琪对婆婆道，我们先回去了。婆婆叹道，回吧，我没心情做饭。朱小辉随后跟上，两个人各开各的车，路上无法交流。回到家都有些累了，便躺在沙发上休息。窗外的天渐渐黑了，插线板等电器的开关闪着或红或绿的光，鬼魅一般。朱小辉的肚子饿得咕咕叫，遂起身开灯，进了厨房，接着探身道，你吃方便面吗？乔美琪有气无力地嗯了一声。他煮了两袋，又切了冰箱里的娃娃菜，打了两个鸡蛋进去，盛了两碗端到茶几上。吃完后，朱小辉去刷碗。洗洁精用光了，他猜测橱柜里应该有新的，便一通乱翻，果然发现了一瓶。拿的时候他不小心将里面的一个袋子连带着拽了下来，里面的零碎全掉在了地上。蹲下往袋子里捡，有订外卖时送的餐具，还有各种独立包装的佐料。他心想留着这些干吗，便往垃圾桶里扔。扔着，扔着，他发现了一盒药，单看"左炔诺孕酮片"这几个字他不知道是什么药，但下面还标注着"毓婷"以及"紧急避孕用"的字样。

朱小辉傻愣了一会儿，心想，好啊！怪不得她一直没怀孕。他不捡了，拿着药冲出厨房，摔到乔美琪面前道，你到底什么意思？乔美琪看了一眼，并不惊慌，好像早料到会有这么一天。她道，这不明摆着吗？我不想怀孕。朱小辉道，为什么？她道，不想就是不想，我犯得着跟你解释吗？再说，我也不是没说过，谁让你当耳旁风，还非得像牛一样勤勤恳恳地耕耘？她那置身事外的口吻中满含奚落，这让朱小辉的火气噌噌往上蹿。他道，乔美琪，你拿我当猴耍啊？你他妈不想和我做爱，为什么不早说！乔美琪坐直了身子，依旧云淡风轻地说，早告诉你，你就不白费力气了对吗？朱——小——辉，你指责不着我，你不是也没坦白吗？表面上亲热，其实只想播种。你根本不懂什么叫做爱，你脑子里想的就是繁殖繁殖繁殖，你跟畜生有什么分别？实话跟你说，这药我只吃了一次，后来我就上了环。

你才是畜生！朱小辉一气之下没管住自己的手，扬起来便扇了她一巴掌。

很响。两个人都愣住了。顷刻间安静如午夜。乔美琪感觉到火辣辣的疼，但是她没有捂住被打的脸，只是死死盯着朱小辉，半晌才道，我错了。

朱小辉没想到乔美琪会认错，但她的语气和表情又不像是认错。他愕然，嗯？

乔美琪眨了眨眼，目光随即变得明亮，含着一种释然。她道，我是说，我以前错了。我早知道咱俩在观念上存在着很大的差异，我还天真地以为靠爱情、靠坦诚、靠相互理解，能够化解这种差异，让我们俩的心越走越近。可是我错了，错得很彻底。即使再处上三五年、十多年，我们依然没办法真正接受彼此。我们根本就是两个不同世界的人，我们没有未来，在一起只会耽误彼此，不如趁早分开，还能各找各的幸福，你说呢？

你的意思是……

离婚。乔美琪松了一口气，她终于说了出来。

离就离，谁怕谁，你以为离了你，我就找不到好的了？

置气的话就别说了，我是认真的，离婚对咱俩都好，我考虑很久了。

我没置气,我说真的,你不想生孩子,有的是女人想给我生。朱小辉想起了苏媚。

乔美琪被气得想笑,可是又笑不出来。她望着朱小辉自负的样子,忽然觉得他很可怜,但可怜之人必有可恨之处。她说,下周我就要去北京了,在这之前我们把该办的手续都办好。别的我可以都不要,除了朱晨兮。他满不在乎地说,行,你不是急着开始新生活吗?明天就办,还你自由。该分你多少财产就给你多少,我不缺钱,我不欺负女人,真的。没想到他会这么痛快和大方,尽管她觉得他这是逞强,是为了不让她看扁。毕竟她先提出了离婚,对他而言又伤到了那脆弱不堪而又价值千万的自尊,因此才会故作姿态地挽回颜面。为了不让他改变主意,她赶紧确认道,好,明天就明天。

· 30 ·

次日,收拾妥当后,乔美琪准备好了身份证、户口本和结婚证,对朱小辉道,走吧。朱小辉一脸茫然无措道,去哪儿?乔美琪哼了一声道,民政局。朱小辉道,今天是周日,人家不上班。乔美琪这才想起,便道,那就明天上午。朱小辉道,我昨天就那么一说,你就当真了?乔美琪正色道,你是不是后悔了?朱小辉道,我想再考虑考虑。乔美琪道,你考虑吧，反正我想好了。接下来的一周里，乔美琪再三和他提起办手续的事，可朱小辉似乎变卦了，每次都找借口推脱，直到她北上依然没离成。北上的前一个晚上，乔美琪再次追问朱小辉，什么时候办？你不会说话不算话吧？他道，再等等，我妹那事儿搞得我爸妈连觉都睡不好，咱们就暂时先不要给他们添堵了，好不？她道，那你给我个准日子。他道，一个月，顶多俩月，行不？她道，那就俩月，你要不办，就等着上法院吧。他道，到不了那份上吧，好歹夫妻一场，咱俩也有过特别快乐特别好的时候，难道你忘了？她道，你也知道"有过"，说明那是过去式了，打我那一巴掌的时候你怎么没想起那时候？朱小辉把脸凑到她跟前道，我让你还上还不行吗？我错了，我道歉，随便你打！她哭笑不得，朱小辉，别幼稚了，男人点。

工作要紧，乔美琪只能先把离婚的事放一边，专注于工作和在北京的生活。办公地址还在大望路，从落地窗望出去，能看见她以前上班的那栋写字楼。某个中午，周凌和她讨论完工作上的事后请她吃饭，问她想吃什么。她想了想道，麻辣香锅。她知道在SKP商场的地下一层有一家麻辣香锅，以前上班时她经常和罗勒、小间、羊羊等人一起去那儿吃饭。像洗手盆那么大的黑瓷碗端了上来，香辣扑鼻。乔美琪忍不住深深吸了两口，抓起木铲翻了翻，夹出魔芋丝和油豆皮，这是她的最爱。尝了尝，还是那个味儿，以前的时光似乎又回来了。但物是人非，她也老了好几岁，不免添了几分惆怅。

周凌问，怎么，不好吃吗？乔美琪道，像以前一样好吃，只是感叹时光易逝，转眼已成了孩儿妈。你看上午来面试的那些，一个个嫩得能掐出水来。周凌笑道，老是无法避免的，但没有几个人在你这个年纪就管着这么多人吧？况且你看上去还年轻。乔美琪笑道，你就别恭维我了，比我本事大的女人多了去了。况且我的理想并非当个女强人，虽然我发现自己也不适合做家庭主妇。周凌道，顺其自然吧，想干吗就干吗，人的想法一直都在变的。万一哪天你又遇到了合适的人，想结婚了，那就去结，辞职都行，我绝不拦你。乔美琪道，你放心，我现在不想做任何人的老婆，我只想做回我自己。周凌问，你女儿的幼儿园找得怎么样了？乔美琪早就托罗勒帮她问过了，便道，差不多了，有两家私立的，还没最后敲定。周凌道，如果经济上有难处你就直说，我可以预付年薪。她道，目前还不用，用得着了肯定找你。周凌问，你女儿现在在你爸妈那儿吗？她说，嗯，她爸有时也会接她去爷爷奶奶家。

乔美琪还没告诉父母她要离婚的事，只说她要到北京发展，等幼儿园的事办好便把朱晨兮接过去。父母都问她朱小辉要不要去。她说，他去不了，他得在老家忙生意。妈妈道，那岂不是要两地分居？好不容易回来安定了，怎么非要去北京？乔美琪道，放心吧，我有车，离得近，每周都可以回来看你们。爸爸道，看不看我们无所谓，你早就成年了，有自己的事业和生活，没必要为了我们耽误自己，一年回来一次都行。乔美琪道，爸，你也把我说得太没良心了，起码一个月我能回来一趟。爸爸道，别惦记我跟你妈，我俩能相互照应。爸爸的话让乔美琪心里潮乎乎的，她确实放心不下爸妈，但又不能为此留在老家。她想，目前也只能如此了。她一定得加倍努力，尽快在北京站稳脚跟。再过几年，把老家的房子卖掉，在北京——哪怕是五环六环外买个房子，也要把父母接到北京，和她住到一起。

在暑假结束之前，终于办妥了幼儿园的事。乔美琪选了一处离办公地点较近的幼儿园，开车不过十多分钟。每天上班时顺便把女儿送到幼儿园，中午女儿就在园里吃饭，晚上下班前再将女儿接到公司，等到下班再一起回家。一天中午，乔美琪收到小间的微信，说他和室友回国了，目前也在北京，晚上想和她见面；又说本打算召集以前玩得好的几个人，但罗勒和羊羊都没空，所以只能先和她吃顿饭。乔美琪猜到他们已经听说了她的情况，于是定好了见面地点和时间。晚上，她带着朱晨兮和小间他们在附近一处饭馆见了面。两个人看上去比以前瘦了，脸上竟然带着些许"香蕉人"的气质，最让她感到讶异的是他们还带着一个小孩，顶多一周岁左右。乔美琪顾不上叙旧，开口便问，谁的娃？小间道，我的。她道，真的？小间的室友点头道，在国外生的。小间道，是个混血儿，你看他的眼睛。乔美琪仔细观察，娃娃的眼睛里确实泛着淡淡的海洋蓝。

小间一边翻菜单，一边注视着朱晨兮道，你爱吃什么菜？朱晨兮道，我爱吃甜的。小间道，那点个炸鲜奶吧，我也想吃。小间的室友道，你上个月才补的牙，医生让你尽量别吃甜的。小间道，今天特殊嘛，再说，我是沾了朱晨兮的光，你就别婆婆妈妈了。乔美琪道，人家是为你好。小间撇撇嘴，报了几个菜名，对室友道，他家的菜里就这几个你爱吃的，你要哪个？对方稍作考虑，选了两个。接着小间将菜单递给乔美琪，让她再点自己喜欢的。乔美琪选了一道菜一个汤，外加一壶茶，给朱晨兮要了一杯西瓜汁。一番叙旧后，小间假装幸灾乐祸道，怎么样？被我言中了吧，手续办完了吗？乔美琪叹道，你个乌鸦嘴，下周办，已经说好了。小间的室友安慰道，别太往心里去，离婚很正常，过不到一块还非要过才受罪呢。乔美琪道，我没事儿，早走出来了。在国外不好吗？怎么又回来了？小间道，国外有国外的好处，但也有不好的地方，比如物价高，朋友少，工作难找。当然这都是次要的，主要还是因为父母。我出国这段时间里，倒比我在国内时联系得频繁。父母年纪大了，他们不会跟我们去国外，我们只能回来。在国内，照顾着还是方便些。乔美琪不禁想到了自己的父母，深有同感道，也是，以后咱们又能经常聚了。

在和乔美琪商量好办手续的前一天,也就是周日下午,朱小辉去了一趟北京。他先去幼儿园接到女儿,然后才来到乔美琪的公司楼下,给她发微信。她让他稍等一会儿,可以先带朱晨兮到商场逛逛。处理完手头的工作,乔美琪下楼,问朱小辉他们在哪里。朱小辉说,儿童乐园。乔美琪知道那地方,在公司的对面有个小区域被开辟成了主妇逛街时"寄存"孩子的地方,有一些简单的游乐设施。她到达的时候,朱小辉正带着女儿玩滑梯。朱晨兮从上面滑下来,朱小辉在下面张着双臂,一把抱住她,随后又将她放上去,女儿脸上笑成了一朵花。

望着父女俩其乐融融的画面,有那么一瞬间,乔美琪试图说服自己重新爱上朱小辉。当初他身上那些令她心动的特质都还在,可现在她已没有任何感觉。不爱了就是不爱了,婚姻中最不堪最卑劣的一面已经裸露原形,并对她造成了伤害。如同伤疤好了之后新生的嫩肉,任凭肌肤再如何生长,那一块总归不同于原本的肤色,变得更加脆弱,轻轻按一下便会隐隐作痛。

吃饭时,乔美琪问,小彤和张轩离了吗?朱小辉道,离了,两个孩子都给了小彤。乔美琪问,张轩他们能同意?朱小辉道,两个人之前买的房子卖了,小彤只要了当时她出的那部分钱,当然还有从咱俩这借的几万,剩下的财产都给了张轩。他急需还债，又没找到工作，就算给他孩子，他也养不起，倒不如给小彤。小彤也没逼着他要抚养费，就算他不养，也是两个孩子的爸呀。这么便宜的事他怎么能不同意？乔美琪问，那他不想孩子？朱小辉道，想了可以去看，小彤又不是不讲道理的人。乔美琪道，不负责任。朱小辉道，他那是迫不得已，泥菩萨过河，孩子跟着他只能受罪。就算是勤勤恳恳地赚钱，要想翻身，我估摸着少说也得熬上五六年。乔美琪不语。

朱小辉接着道，我想把业务往北京拓展，以后会有更多的机会见到咱们的宝贝女儿。女儿道，爸爸能带我到欢乐谷玩吗？朱小辉道，当然可以，不止欢乐谷，上海的迪士尼也可以。朱晨兮雀跃道，好啊好啊！晚上爸爸和我们住一起吗？朱小辉注视着乔美琪道，这要问你妈。乔美琪道，你可以睡客厅，明天一起回，事情早该办了。他用近乎哀求的语气道，美琪，我觉得……她剪断他的话，小辉，你没必要那么做，你的业务还是在当地发展比较好。朱小辉不甘心地尝试道，美琪，这段时间我考虑了很多。其实，我俩之间并不存在太大的问题。即使有矛盾，也可以试着去化解。只要我们再努力一些，再对彼此包容一些，没准儿就能相处得很和谐。人活在这世上，最终不就是要和自己、和他人达成和解吗？乔美琪审视着他，他的那双眼睛看上去和多年前并没有太大区别。想起第一次在北京遇见他的情景，她不禁莞尔。

这个笑容被朱小辉领会错了,他以为她动摇了,刚想继续煽情。她却道,朱小辉,算了吧。说实在的,我到现在还有点儿心有余悸,好不容易上了岸,我可不想再上贼船。我明白现在的自己需要的是什么,可惜它们不在你身上,我们还是做朋友更合适。朱小辉明白他们俩已无挽回的可能,干脆大大方方地说,好吧,明天去办。乔美琪转头望向窗外,华灯初上,街上行人来来往往,一如往常,喧嚣而孤独。